公爵さまは女がお嫌い！

秋桜ヒロロ

Hiroro Akizakura Presents

fairy kiss

この作品はフィクションです。
実際の人物・団体・事件などに一切関係ありません。

公爵さまは女がお嫌い！

プロローグ

粗く整えられた道をその馬車は突き進む。

流れる緑の木々を眺めながら、メレディス伯爵令嬢であるティアナは赤いビロードの座面に身体を埋めた。

ブロンドというには少しくすんだ木蘭《もくらん》色の髪の毛は、毛先の部分で軽く波打っていて、馬車の振動で可愛らしく肩の上で跳ねる。

光が当たるとピンク色に輝く赤茶色の瞳は、長い睫《まつげ》と大きな眼鏡に覆われていた。

そんな彼女は頬をうっすらと赤く染めて、嬉しげに言葉を紡ぐ。

「もうすぐ、ヴァレッド様に会えるのね。ふふ、楽しみだわ」

「この国でそんなことを言うのはティアナ様だけですわ。〝あの〟ヴァレッド・ドミニエル公爵に輿入れだというのに、そんなに嬉しそうなのも」

「だって、私みたいな〝訳あり〟を貰ってくれるって仰っているんでしょう？　絶対に良い方に決まっていますわ！」

「ティアナ様が訳ありになってしまったのは貴女様の所為《せい》ではないですし、ドミニエル公爵に至っては誰でも良いから嫁《とつ》いでこいと書状にあったでしょう？　ティアナ様のその前向きさは私も見習いたいですが、今回ばかりは涙に暮れても良いと思いますわ」

ティアナの代わりと言わんばかりに袖で涙を拭うのは、屋敷から一緒についてきてくれた侍女のカロルだ。

栗色の髪の毛を綺麗に纏《まと》めている彼女は、ティアナの一つ上の十九歳である。

姉のように慕うカロルを相手に、ティアナはまるで子供のように頬を膨らませた。

「涙に暮れるなんて！　私は頑張って良い妻になりますわ！　こんな私を貰ってくれるんですもの。ヴァレッド様には誠心誠意尽くす所存です！」

「そもそも、ちゃんとした夫婦になれるかどうかも怪しいところですわ。相手はあの『女嫌いのドミニエル公』ですよ？　男色家の噂もある人に嫁ぐなんて、私がティアナ様だったら卒倒しています！」

カロルは片手で頭を抱えながら、首を振る。

ティアナの今後を憂いているためか、その顔色は良いとは言い難かった。

『女嫌いのドミニエル公』

そういえば、貴族の中で知らぬものはいないぐらいの有名人だ。

彼が女性を連れている姿を誰も見たことはなく、言葉を交わす姿もほとんど見られない。

それどころか、女性が傍に寄っただけであからさまに避け、前を通っただけで顔をしかめるという噂だ。罵詈雑言《ばりぞうごん》を浴びせられた女性もいるらしい。

そういったことが積み重なり、彼は女嫌いのみならず、男色家なのではないかという噂までたっていた。

女嫌いで、男色家と噂の、変人ドミニエル公。

それがティアナの結婚相手だった。

「大丈夫ですわ！　私、こう見えても衆道《しゅどう》には理解がありますの！　ヴァレッド様の恋を全力で応援しますわ！」

ティアナが放った『衆道』という言葉に、カロルは頭を抱えたまま、こめかみをひくつかせる。

「ティアナ様、どこでそんな言葉を……？」

「私、ヴァレッド様に嫁ぐことが決まってから男色についていろいろ勉強しましたの。その過程で読んだ本の中に書いてありましたわ！　曰《いわ》く『すべての愛の終着点のような世界』だと！　私、それまでそんな素敵な世界があったなんて知りませんでしたわ」

うっとりと頬を染めながらそうのたまう己の主人を、カロルは首を振りながら窘める。

「お願いですからティアナ様、そのようなことをドミニエル公爵の前で仰らないでくださいね」

「あら？　何故？」

「貴女はもう一度〝離縁〟したいのですか？」

そう、ティアナは前に一度、結婚をしていた。

相手はフレデリクという名の幼馴染だ。

結婚といってもたった数日の話で、一緒に住んでいた事実もない結婚である。

フレデリクは生まれた時から決まっていた許嫁《いいなずけ》で、穏和でおっとりとしたいかにも草食系の男だった。

そして、その結婚して間もない夫をティアナは実の妹に寝取られたのである。

ティアナの妹のローゼは『社交界の薔薇』と呼ばれるような美しい女性だった。

輝くハニーブロンドの髪の毛はまるでこの世のものとは思えないほどの艶を有していたし、ほっそりとした身体に似合わぬ豊満な胸は男の夢だろう。

大きなサファイア色の瞳は長い睫に彩られていて、色白の肌には小さくて可愛らしい唇が映えた。

そんな絶世の美女であるローゼには、いつも浮いた噂が絶えなかった。

今日はどこぞの次男坊と寝たとか、昨日はあちらの一人息子と朝帰りだとか。

そして、その噂通りの私生活をローゼは過ごしていた。

可愛らしい末娘を甘やかした親もいけないのだろうが、遊ばれるとわかっていて近づいてくる男達も男達だ。

そんな周りの後押しを受け、ローゼは、いろんな意味で立派な女性になった。

そして彼女には、更にめんどうな悪癖があった。

人のものを欲しがる癖があったのだ。

特に、姉であるティアナのものは、藁半紙一枚でさえも欲しがった。

ティアナが持っているドレスや貴金属の類だって、元々はティアナのものだが、そのほとんどが一度ローゼに取られた後の出戻り品である。

人が持っていると良く見えて欲しがる癖に、自分のものにしたとたんに興味をなくすのだ。

そんな彼女の噂は貴族の中でも有名で、誰もが振り返るような絶世の美女にもかかわらず、今まで嫁の貰い手がなかったのである。

一応、ローゼにも生まれた時から決められた許嫁がいた。

しかし、それも彼女の噂によってダメになってしまっていたのである。

そんな時に手を挙げたのがヴァレッド・ドミニエル公爵だった。

女嫌いの男色家と噂の彼との縁談を、ローゼはもちろん快く思わなかった。

しかし、彼女たちの両親はその縁談を無理矢理進めようとした。

年頃になっても嫁の貰い手が見つからない娘の状態に焦ったのだろう。もしくは誰にも嫁がないよりは、変な男かも知れないが公爵家に嫁いだ方が幸せだと思ったのか。

その真意はわからない。

しかし、そんな両親の強行策に、ローゼもまた強硬な手段をとった。

それが、姉であるティアナの夫を寝取るという大技だったのだ。

『子供が出来たかもしれないから嫁げない』、そう言い出したのはティアナとフレデリクの婚姻が済んだ翌日で、そして、ドミニエル公爵の領地に向かう一週間前のことだった。

そしてあろうことか、フレデリクはローゼに首っ丈になってしまい、まだ結婚して間もない身でありながら、ティアナに離婚の打診をしてきたのである。

――結婚直後に離婚された娘。

なので、ティアナは〝訳あり〟なのだ。

「離縁を言い渡された時はどうしようかと思いましたけれど、ヴァレッド様が貰ってくださると言ってくださって良かったですわ！」

「……よかった、ですか？」

「ええ。お父様とお母様のような夫婦になることが、昔からの夢でしたもの！」

カロルの怪訝《けげん》な視線をものともせずに、ティアナは満面の笑みでそう言った。

基本的にこの国の男性は、離縁された女性を貰いたがらない。

彼らはまっさらな女性を好むのだ。

ティアナとフレデリクは幼馴染で、長い間許嫁状態ではあったが、二人の間には男女の関係などは一切なかった。

互いに結婚は意識していたが、それだけだ。

関係性でいえばティアナとフレデリクは限りなく友人に近かった。

それでも、一度婚姻したことがあるとなれば、そういうことを疑う者は多い。

全く嫁ぎ先がない訳ではないが、離縁された女性のほとんどは神の妻になり、修道女になるのが一般的だった。

別にティアナは修道女になりたくなかったわけではない。質素倹約はどちらかと言えば得意の部類だし、神に祈りながら過ごすというのも悪くないと思う。

しかし、ティアナには両親のようになりたいという憧れがあった。

ほとんどの者が政略結婚をし、結婚相手とは別に愛人や妾《めかけ》を作る貴族の中で、ティアナの両親は恋愛結婚で、結婚後も相手一筋だった。たまに喧嘩することもあるが、基本的にはとても仲のいい両親に、ティアナは小さなころから憧れを持っていた。

なので、〝訳あり〟になってしまったティアナを貰ってくれるというヴァレッドに、彼女はとても感謝しているのだ。

常に笑顔を絶やさない主人に、カロルは呆れたように溜息をつき、首を振る。

「この縁談を『よかった』と言ってしまえる方は、世界広しといえど、ティアナ様だけですわ」

「そうかしら？」

「ティアナ様ほど前向きな方はそうそうおられませんもの」

カロルの言葉にティアナは笑みを強くした。

そして、自分の顔にかかっている眼鏡に軽く触れる。

それは彼女の大好きだった祖母の形見だった。

『後ろを向くより、前を向きなさい。前を向いて、顔を上げれば、これから歩く道が見える』

小さい頃、ティアナが泣く度に祖母はいつもその言葉をかけながら頭を撫でてくれた。

その言葉は今もティアナの座右の銘として胸に刻まれている。

どんな時でも前向きに、自分らしく。

それが彼女の信条だ。

「恋愛関係にならなくとも、互いが互いを尊重できるような温かい家庭を築いてみせますわ！　ヴァレッド様が男性の方がお好きでも、男性の愛人がおられようとも、私はそれを受け入れてみせます！」

雄々しくそう言いながらも、胸に手を置くその仕草は可愛らしい。

カロルはそんな主人に肩をすくめると、窓の方へ視線を向けた。

「ティアナ様、見えてきましたよ。あれがドミニエル公爵のお城です」

そのカロルの言葉にティアナも窓から外を眺めた。

夕日に照らされるその城は煌《きら》びやかというよりは、堅牢という言葉がぴったりと合っていた。黒い屋根に、灰色の石造りの壁。均等に並ぶ窓は、その城の大きさからいって少ない。

真ん中にあるタマネギ型のドームは併設された教会だろうか、その屋根も隣の建物と同じで真っ黒である。

何となく罰当たりめいた色を覆うように、その城をティアナの背丈の三倍はありそうな壁がぐるりと囲っていた。

馬車が門に近づく。

すると、門はゆっくりと開き、ティアナを招き入れた。

第一章　女嫌いのドミニエル公

「臭《くさ》い」

　ヴァレッド・ドミニエル公爵は出会うなり、いきなりそう言った。

　顔合わせにと用意された部屋で、歓迎の挨拶を述べるでも、長旅を労《ねぎら》うでもなく、彼は口元を覆いながら二人に向かってそう言い放ったのだ。

　黒い髪の毛にアメジスト色の双眸《そうぼう》。通った鼻梁《びりょう》に男らしい輪郭。

　高い身長に軍人のような体躯を持つ彼は、その綺麗な顔を歪めてティアナとカロルを見比べる。

「お前だな、侍女。香水臭い。すぐに体を綺麗にして来い。お前もだ、女、臭《にお》いがうつっている。二人とも一度湯船に浸かってこい」

「お、女……。臭い……」

　カロルは拳をプルプルと震わせて、まるで信じられないものを見るような目でヴァレッドを見上げる。

　ひきつった顔を隠すことも忘れて、彼女は怒りに耳まで真っ赤にさせていた。

　それでも怒声を発しないのは、それが許される相手ではないからだ。

　相手はテオベルク地方一帯を領地として任されている公爵である。

テオベルク地方といえば、このジスラール王国の中でも一、二を争う広大な土地だ。

そんな相手に一介の侍女であるカロルが声を荒らげるというのは本来ありえないし、そんなことをすれば、主人であるティアナに叱責《しっせき》が及ぶかもしれない。

カロルは何度も吐き出しそうになる怒りの声を、ぐっと押し込めた。

その時だった。耳を劈《つんざ》くような甲高い声とともに、一人の男が扉から転がり込んできた。そして、ヴァレッドとティアナ達を隔てるように間に滑り込み、ヴァレッドを壁際まで追いつめた。

「ヴァレッドさまー!?　なぁに一人でお会いになっているんですか!?　貴方が一人でお会いになったら碌《ろく》なことにならないと申し上げたはずです！　せっかく来てくれた花嫁を追い返したいんですか!?」

「二人とも執務室から離れたら仕事が滞るだろう？　俺が一人で会えば済むことだ」

「済まないからこうやって私が来たんでしょうが！」

淡いモスグリーンの髪の毛に片眼鏡を掛けた細身の男がヴァレッド相手に詰め寄る姿を、ティアナとカロルは呆然としたまま見つめる。

眉間に皺を寄せ、詰め寄るその姿に、カロルもそれまでの怒りを忘れて、二人のやり取りを見守っていた。

「馬鹿なんですか、貴方は！　またあのお見合い地獄に戻りたいんですか!?」

「……それは嫌だ」

「なら大人しくなさっていてください。貴方が、いくら女性がお嫌いでも、言って良いことと悪いことがあります！　いいえ、間違えました！　貴方の女性に対する発言は、決して本人には言ってはならないことばかりです！　あのお見合い地獄に戻りたくなければ、口を噤《つぐ》んでください！　今すぐ！」

「…………」

「よろしい」

あっという間にヴァレッドを言い負かしたその男は、片眼鏡を指で上げ直しながら一息ついた。

そして、先ほどとは打って変わった声色でティアナ達に恭《うやうや》しくお辞儀をしてみせる。

「申し遅れました。私、ドミニエル公爵家の家令を務めさせていただいているレオポールと申します。この度は主人が大変失礼いたしました。ティアナ様、その侍女の方におかれましても、この度の長旅で心身共にお疲れになったことだと思います。夕食の方は後で部屋にまで運ばせますので、どうぞ今夜はゆっくりお休みになってください。明日には歓迎の意味を込めた晩餐を用意していますので、それまではご自由にお過ごしくださいませ」

「はい。お気遣い痛み入ります」

そうティアナが返すと、レオポールは満足げににっこりとほほえんだ。

その間もヴァレッドはティアナの方を胡乱《うろん》げに見つめている。

まるで文句を言い足りないとでもいうような顔だ。

そして話も終わり、ティアナ達も部屋から出て行こうとした時だった。

ヴァレッドは数十枚束になった紙を懐から取り出し、それをティアナに押しつけた。

「規則書だ。この屋敷で生活するのならそれは守ってもらおう。明日の晩餐会までに目を通しておけ」

「ちょ、ヴァレッド様！」

「はい。わかりましたわ！」

元気よく返事をしながら、ティアナはその紙の束を胸元で大事そうに抱えた。

(こんな分厚い規則書を用意してくださるなんて、ヴァレッド様は本当に心のお優しい方ですわ！私がこの城で困らないようにと、心配りをしてくださっているのですね！)

もちろんヴァレッドにそんなつもりは毛頭ないのだが、ティアナは彼の行動を勝手にそう解釈し、感動で身を震わせた。

その思いが表情にも表れていたのだろう。主人の行動に再び怒声を発しそうになっていたレオポールも、彼女の嬉しそうな顔を見て思わず黙った。

ヴァレッドも片眉を上げて値踏みするような視線を彼女に向けている。

「ヴァレッド様の良き妻になれるよう一生懸命頑張りますので、どうかこれからもご指導、よろしくお願い致します」

ティアナが片手で渡された書類を持ちながら、空いている方の手でスカートを持ち上げ、淑女の礼を取る。

そんな彼女に向けられたのは、恐ろしい程に侮蔑が籠《こ》もった視線だった。

「そうやって媚びても、俺は新しいドレスも宝石も買ってやる気はない」

「あら、必要ありませんわ。私、家から必要なものは持ってきていますの。お気遣いありがとうございます。ヴァレッド様はお優しいのですね」

「……その殊勝《しゅしょう》な態度がいつまで続くか見ものだな」

「殊勝だなんて、私にはもったいないお言葉ですわ。でも、嬉しいです。ありがとうございます！」

「…………阿呆なのか？」

暴言と言っても過言ではないその言葉を笑顔で受け流す彼女に、ヴァレッドは思わずそう零《こぼ》した。

そして、まるで答えを求めるかのように彼女の隣にいるカロルに視線を送る。

視線を向けられたカロルはゆっくりと首を振り、呆れたような声を出した。

「いえ。ティアナ様は人より少しだけ、すこーしだけ、前向きすぎるのです」

「……そうか」

眉間に皺を寄せたまま、ヴァレッドはまるで見たこともない生き物を見るような目で、ティアナを眺めた。

◆◇◆

その一、妻は質素倹約に努めるべし。必要以上のドレスや貴金属を夫に強請《ねだ》らない。

その二、室内では香水、その他臭いを発するものを付けない。

　どうしても必要な場合に限り、夫に許可を求めること。

その三、必要以上に声を荒らげないこと、いかなる時も冷静であること。

その四、夫に嘘はつかない。ついた場合は厳罰をもって対処する。

その五、化粧は必要最低限に留め、薄く仕上げること。

…………

その他、取り決めは百以上にも及んでいた。


用意された部屋で、ティアナは円卓の上に広げた紙の束を一枚一枚丁寧にめくりながら、ほぉっと熱い吐息を漏らした。

「こんなに細かな規則書を作ってくださるなんて思いませんでしたわ！　ヴァレッド様はいったいどれだけの時間をかけて、これを作ってくださったのでしょうか……」

「嫌がらせにこんな手の込んだことをしてくるだなんて、公爵ってお暇なんでしょうかね……」

「やっぱりお暇ではないわよね？　お忙しいのに、私のためにこんな手の込んだ規則書を用意してくださるだなんて！　ヴァレッド様は本当にお優しくて素敵な方ですわ！」

幸せそうなティアナの表情に、カロルは一つ溜息を吐いた。

嫁いでくる彼女のためにと用意された部屋は、白と金で誂《あつら》えた上品な一室だった。

天蓋付きの大きな寝台に、猫足のカウチソファ。丸いテーブルに椅子が二脚。文机や化粧台まで白で統一されている。

二人はその用意された一室で一緒に過ごしていた。

というのも、この屋敷に侍女はいないのだ。

料理人や給仕をする人はもちろん、この城では身の回りを世話する人は全て男性で構成されていた。侍従はいるが、侍女はいない。

本来なら侍女とその主が同じ部屋で行動を共にするということはないのだが、この屋敷に侍女が寝泊まりするような部屋がないので、ひとまず同じ部屋に滞在することになったのだ。

明日には侍女用の部屋も用意してくれるらしい。

「ティアナ様、よくやりますわね。ドミニエル公爵にあんなことを言われて悔しくないんですか？」

「あら、カロル。私の夫になってくださるのだから『ドミニエル公爵』じゃなくて『旦那様』、もしくは『ヴァレッド様』よ。それに、ヴァレッド様は私のことを考えてあんな風に厳しくしてくださったんだわ！　だって、ほら見て『その二』のところ！　香水がダメって書いてあるわ。最初に指摘してくださったのもヴァレッド様の優しさだったのよ！」

裏表なく本当にそう思っているのだろう。

ティアナは怪訝な顔をするカロルに、そう笑って見せた。

「『ドミニエル公爵』のことを『旦那様』と呼ぶのは、ティアナ様と本当にご婚姻されてからにしますわ。この調子だと一ヶ月後の結婚式までに追い出されかねない勢いですもの。今は『ヴァレッド様』と呼ぶことにします」

カロルは溜息混じりにそういうと、椅子からおもむろに立ち上がった。

そして、蒸らしていた白い陶器のティーポットを手に取る。

その中身をティアナのカップに注ぎながら、カロルは愚痴をこぼした。

「それにしても噂には聞いていましたが、ヴァレッド様があれほどの女嫌いだとは思いませんでしたね。本当に先が思いやられます。ティアナ様とちゃんとしたご夫婦になれるのかどうか……」

「……ヴァレッド様は本当に女嫌いなのでしょうか？」

「はぁ!?」

ティアナの言葉にカロルは反射的に大声をあげた。

頬を引きつらせ、少しのけ反っている。

「だって、女である私に大変お優しいですし、親切にもしてくださるわ！　もしかしたら、噂は噂なだけで、本当は女嫌いではないのかも……」

「そんなわけないでしょう！　あれが許容できるのはティアナ様が天然で、お気楽で、お優しいからです！　普通の女性ならとっくの昔に故郷に帰っていますわ！」

いつも以上に厳しいカロルの言葉に、ティアナは少し俯《うつむ》くように視線を下げた。

「ヴァレッド様が厳しいのは本当ですけれど、だからと言って噂通りに女嫌いというわけではないとは思うのだけれど……」

「いいえ！　あれは根っからの女嫌いです！　私にはわかります!!」

ヴァレッドのことを思い出したのだろう。一人怒り出したカロルを眺めながら、ティアナは彼女が淹れてくれた紅茶に口を付けた。

ティアナからしてみれば、ヴァレッドは親切にも、出会って早々に香水をつけていることを注意してくれて、この城に来たばかりで不慣れなティアナのことを思って、規則書を作ってくれた優しい人だ。

ティアナだって女性だ。本当に女性が嫌いならば、こんなに親切にしてくれるのはおかしいのではないか。彼女はそう考えた。

「……ヴァレッド様は本当に女嫌いなのかしら？」

ティアナはヴァレッドから渡された規則書を撫でながらそう零した。

◆◇◆

ヴァレッドとの壮絶な出会いから一夜明け、ティアナは朝から城の薔薇園に来ていた。

片方の手には袋に入った刺繍道具を持って、彼女は薔薇の間をふらふらと歩き回る。

季節は春。園の薔薇も見事に満開だった。

侍女のカロルはというと、現在、用意されたばかりの侍女部屋に自分の荷物を運び入れている最中だ。いろいろな支度も含めて、午前中いっぱいは手が離せないらしい。

なので、ティアナは一人、城の中を散策していたのだ。

刺繍道具を持っているのは、どこかで景色でも眺めながら刺したいと思っていたからで、ティアナはちょうど良さそうな木陰を見つけて、その側に座り込んだ。

「こんな綺麗な場所があるなんて……」

黒と灰色で統一された城の外観からは考えられないほどの、赤やピンクが視界を埋め尽くす。

ティアナは刺繍道具を取り出すと、モチーフを目の前の薔薇にしようと決めた。

そしてしばらく上機嫌で刺していると、不意に視界の端に黒い影が映る。

ティアナは刺繍をしていた手を止め、顔を上げた。

「あら、ヴァレッド様だわ！」

少し浮かれた声でそう呟きながら、彼女は頬を上気させる。

彼は薔薇園に面した廊下を何やら考えごとをしながら歩いているようだった。

「お散歩でもされておられるのかしら？　……はっ！　これはもしかして親交を深めるチャンスでは⁉」

そのひらめきにティアナは柏手を打った。

ティアナの目標は、『互いが互いを尊重できるような温かい家庭を築くこと』だ。

これは千載一遇の好機かもしれない。

彼女は片手を振り上げながら「ヴァレッド様ー」と彼を呼んだ。

ヴァレッドはその声でティアナに気づいたらしく、わかり易すぎるぐらい顔を歪めて数歩後ずさる。そして、くるりと踵を返し、ティアナに背を向けてしまった。

「もしかして、声が小さかったのかしら」

聞こえなかったのかとティアナは首をひねるが、ヴァレッドは背を向けただけでその場を去るようなことはしなかった。

しばらくののち、彼はまた踵を返して大股でティアナの元へやってきた。

そうして、人があと二人は座れるだろう距離を置いて、彼女の隣に座り込む。

これにはさすがのティアナもびっくりして目を瞬《しばた》かせた。

「……おはようございます」

「……あぁ」

ティアナの挨拶に、彼は顔を正面に固定したまま一つ頷いた。

そして、視線だけを寄越すと、怪訝な声を響かせる。

「こんなところで何をしている？」

「刺繍をしているのです。どこか景色が良いところで刺したいと思って散策をしていたら、綺麗な薔薇園を見つけましたので。……もしかして、ダメでしたか？」

ヴァレッドの固い態度に、ティアナは少しだけ不安そうな声を出す。

「もう、渡した書類に目は通し終わったのか？」

「はい」

「そこに薔薇園で刺繍をするなと書いてあったか？」

「いいえ」

規則書の内容を頭で反芻させながらティアナは首を振る。

「なら問題ない。俺がこの屋敷で君に守ってもらいたいことは全てアレに書いてある。約束を違《たが》えさえしなければ、君はこの屋敷で自由にしてもらってかまわない」

「ありがとうございます！　ヴァレッド様！」

弾んだ声でそう返せば、ヴァレッドはようやくティアナの方を向いた。

しかし、その眉間には皺がよっている。

昨日よりは棘も取れているし、ティアナを呼ぶ時にも『女』と言わずに『君』と言っているが、その声色は、やはり固く、鋭い。

（ヴァレッド様はやはり女嫌いなのでしょうか？　女である私にも、あんなに優しくて気配りもしてくださる方なのに……）

ヴァレッドの態度にティアナはそんな思考を巡らせる。

「ところで、君は先ほどから刺繍をしていると言っていたが、もう書類の内容は全て覚えたのか？目を通しただけで済ませているとは言うまいな。趣味に興じる時間があるなら、その労力をもっと役立つ方へ使ってくれないか？」

「もしかして、書類の内容を覚えないと私が困ると思って、心配してくださっているのですか？ヴァレッド様は本当にお優しいのですね！　感激です！」

ヴァレッドの剣呑《けんのん》な声に一切怯むことなく、ティアナは満面の笑みを浮かべ、弾んだような声を出した。

一方の彼は彼女のそんな様子に、少しだけ身を引いてしまう。

「ヴァレッド様、大丈夫ですわ！　私こう見えても勉学は得意でしたの。昨日一晩で規則書の内容は全て頭に入っています！　そこまでお気にかけてくださるなんて本当に嬉しいですわ！　ありがとうございます！」

「……全部？」

疑わしそうな声色を上げて、ヴァレッドがティアナを睨む。

「百二十四項目めは？」

「はい？」

「全部覚えたのなら、諳《そら》んじられるはずだ。百二十四項目めは？」

まるで値踏みをするかのようなその声と視線に、ティアナは少し驚いたような顔をした後、微笑みながら一つ首肯した。

「『その百二十四、夫のあずかり知らぬところで金銭の貸し借りをしてはならない。また買掛なども行ってはいけない』ですよね？」

「ほぉ」

感心したようにヴァレッドがそう声を漏らす。

視線の鋭さも幾分かゆるみ、まるで珍しいものを見るようにヴァレッドは片眉を上げてティアナを眺めた。

（やっぱりヴァレッド様は女嫌いではないわ！　だって、こんなに私を気にかけてくださるんですもの！　きっと、皆さん勘違いしておられるだけなんだわ！）

表情の変化にティアナはそう確信し、嬉しそうに頬を緩ませる。

「本当に覚えたみたいだな」

「昔から暗記と刺繍ぐらいしか得意なことがなかったものですから」

褒められたことが嬉しいのか、ティアナは恥ずかしそうにはにかんだ。

彼はそんな彼女から視線を逸らすと、遠くの方を見つめながら、ふんっと鼻を一つ鳴らした。

それと同時にティアナも目線を刺繍の方へ戻し、また機嫌よく薔薇を刺し始めた。

「ヴァレッド様はそんなにお優しいのに、女性が嫌いだと勘違いされていて大変ですね」

「は？」

まぬけな声を漏らしながら、ヴァレッドは視線をティアナに戻した。

一方のティアナはそんな視線に気付くことなく刺繍を刺し続けている。

「あら、ご存じないですか？　ヴァレッド様は貴族間では『女嫌い』と有名で……」

「それは知っているし、噂は事実だ。勘違いなどではなく、俺は女が嫌いだ」

「え？　でも、こんなにお優しいのに。もしかして、私に気を使って……？」

驚いたように目を瞬《しばた》かせて、ティアナは改めてヴァレッドを見た。

ヴァレッドのアメジスト色の双眸が彼女の眼鏡に映り込む。

「気など使っていないし、俺のことを『お優しい』と評価する女性は君が初めてだ」

「初めて？」

ティアナのつぶやきにヴァレッドは苦々しげに首肯する。

「本来なら女と会話もしたくないし、視界にだって入れたくない！　側にいるなんて以《もっ》ての外《ほか》だ！

しかし、せっっっっかく嫁いできた奥方なのだから優しくしろとレオが言うから、俺は仕方なくこうしてっ！」

「ヴァレッド様も大変なのですね……」

　ティアナはヴァレッドの真剣な物言いに引き込まれる。

「わかってくれるか！」

「えぇ、心中お察ししますわ。私も蛇と蛙はどうしても苦手ですの。視界に入れたくもありません
し、側にだってっ！」

　ティアナがぶるりと体を震わせると、ヴァレッドも同意を示すように深く何度も頷いた。

「大体、レオの奴はわかっていないんだ！　女がどんなおぞましい生き物なのか！　世の男達も皆
そうだ。何が悲しくて、あんなおぞましい生き物と一生を添い遂げようと思うのか、俺は不思議で
ならない！」

　吠えるようにそう言って、ヴァレッドは膝を叩いた。

　その隣でティアナは興味津々といった顔をしている。

「あら、どれだけおぞましいのかお聞かせ願えますか？」

「もちろんだ！　まず、女は自己中心的でわがままだ。感情の起伏も激しく、ヒステリックを起こ
しやすい。空気を吐くことと同じように嘘を吐き、男に媚びて、誰にでも足を開く生き物だ！」

「……凄いですわ」

「まだまだあるぞ！　自分の身なりのためなら金を湯水のように使い、自分に傅《かしず》く人間を、まるで
物を見るような目で見るんだ。自分の意に従わなければ暴力に訴えるような凶暴性も持っている！」

「それは怖いですわね……」

口に手を当ててティアナは恐れおののく。

その反応にヴァレッドは唇を引き締め、大きく頷いた。

「そうだろう？　従って、俺は〝女〟という生き物のことを一切信用していない！　お前も〝女〟には気をつけることだ。何かあってからでは遅いんだからな」

「わかりましたわ！　十二分に気をつけます！」

「あぁ、それで……」

「こんの！　ヴァレッドオォさまあぁぁぁぁあぁ!!！」

その時、空気を震わせるような叫び声が薔薇園に木霊した。

声のした方を見ると、レオポールが土煙を上げながら凄まじい速さで此方《こちら》に駆け寄ってくるのが見て取れる。

レオポールは二人を隔てるように滑り込み、そして、ヴァレッドの首根っこを掴むとティアナに頭を下げさせた。

「このバカ主人が何言ったかは知りませんが、どうかご容赦くださいティアナ様！　出て行くなんておっしゃらないでください！」

「おい！」

ヴァレッドがレオポールの手を払いのける。

すると、すかさずレオポールはヴァレッドの鼻先に人差し指を突きつけた。

「一人でお会いにならないでくださいとあれほどっ！　バカですか？　バカなんですか⁉　貴方のようなおバカな人は、ホント少し黙っていてください！」

「別に変なことは言ってない。それに、彼女も別に気分を害したわけではない！」

そのヴァレッドの言葉に、レオポールは信じられないという面持ちで、目線をティアナに向けた。

その縋るような視線を浴びながら、ティアナは小さく頷く。

「はい。楽しくお話をしていただけですわ」

「彼女もそう言っている」

そう言いながらヴァレッドは自慢げに胸を張った。

レオポールはそんな夫婦未満な二人を見比べると、口元に手を当てながら数歩後ずさった。

「……貴方が、女性と、楽しく、会話？　信じられない。あの、筋金入りの女性嫌いの貴方が？」

「だが、事実だ」

「嗚呼っ！　神よっ！」

いきなり両手を組み、感涙にむせびだしたレオポールを、ヴァレッドは少し引き気味に見つめる。

隣のティアナも驚いたように目を瞬かせた。

「ティアナ様、貴女は救世主だ！　これであの、国王命令のお見合い地獄から解放される！　お見合いが終わった後のヴァレッド様を宥《なだ》めたり、あちらから届く断りの手紙にいちいち返信をしなくてもいい！　何より政務が滞らない！　最高です！　最高です、ティアナ様‼　どうか離縁などすることなく、末永くこちらにいてください！　そのためならば私は何でも致しましょう！　えぇ！

私はいつでもティアナ様の味方ですよ！」

「はい……」

両手を握ったままレオポールはティアナに詰め寄る。

その勢いにティアナがたじたじになっていると、ヴァレッドがまるで助け船を出すように興奮した彼の頭を軽く小突いた。

その衝撃で素に戻ったのか、レオポールは慌てたように両手をしまい、咳払いを一つして、ティアナから距離を取った。

「申し訳ございません。私としたことが取り乱してしまいました。……ヴァレッド様、執務室にお戻りください。先ほど税についての報告書が上がってきました」

「わかった」

先ほどよりも声色を少しだけ低くしてそう答えるヴァレッドは、これから仕事に取りかかるという男の顔だ。

そんなヴァレッドの顔を嬉しげに見上げて、ティアナは「いってらっしゃいませ」とほほ笑んだ。

「あ、あぁ」

歯切れの悪い返事をしたヴァレッドをレオポールが促して、ティアナを残したまま二人は薔薇園を後にした。

二人の後姿を見送って、彼女は嬉しそうに頬に手を当てた。

「少しだけ、ヴァレッド様とお近づきになれたような気がしますわ！」

彼女の目指す『互いが互いを尊重できるような温かい家庭』は、まだ遠い。

◆◇◆

「ところで、お二人で何を話されていたんですか？　貴方が女性を不快にしない話のネタを持っているとは思えませんが……」

執務室に着くなり、レオポールは疑わしげにそう聞いてきた。

やはり、この女嫌いの主人が女性とまともな会話をしたという事実が未だ信じられないのだろう。

しかも彼女とはまだ会って二日足らずだ。

使用人から聞く限り、出会った時の印象は最悪だったはず。

そんな訝《いぶか》しげな家令の目線を受け流しつつ、ヴァレッドは執務室の椅子に腰掛ける。

そうして、至って普通にこう述べた。

「失礼な奴だな。俺はただ彼女に『女性がどれだけおぞましい生き物なのか』を教えていただけだ。彼女も同意を……」

「こんのっ！　馬鹿主人がぁ!!」

ヴァレッドが言い終わる前に、レオポールの鉄拳が彼の脳天へめり込んだ。

そして、その後すかさず胸ぐらを摑み、レオポールは主人であるヴァレッドをがくがくと揺さぶる。

「貴方、わかっていますか⁉　ティアナ様だって女性ですよ⁉　女性相手に女性批判とか、何しているんですか⁉　絶対出ていく！　ティアナ様、明日にはこの城から出ていきますよ！　この馬鹿主人が‼」

その言葉に驚いたように目を見開いてヴァレッドは固まった。

そんな主人の胸ぐらを離して、レオポールはその場で頭を抱えて唸り出す。

ヴァレッドは、そんなレオポールに視線を向けることなく、まるで考え込むように口元に手を当てた。

「そうか」

「……何か言いましたか？」

「アイツも〝女〟だったな」

「何を当たり前のことを……」

そう言ってレオポールは、はっと顔を上げた。

口元に手を置き考え込む主人を、穴が空くのではないかというぐらい見つめる。

この女嫌いの塊のような主人が警戒を解く相手。

これはもしかして、もしかしなくても……。

「もしかして、ヴァレッド様、ティアナ様のことを……」

「この俺が騙されかけるとは、あの女なかなかやるな」

「なんでそうなるんですか――⁉」

レオポールの悲痛な叫びは屋敷内に響きわたった。

◆◇◆

その日の晩餐はとても豪華なものだった。

色鮮やかな野菜に生ハムが載った前菜、摘みたての若菜を思わせる新鮮なサラダ。温かいジャガイモのスープと共にやってきた焼きたてのパンの香ばしさは、ティアナの食欲を十二分にそそるものだった。

しかし、元々少食のティアナには量が多く、魚料理がやってくる頃には彼女の胃袋は限界寸前にまでなってしまっていた。

ティアナが胃のあたりを押さえながら苦しそうに息をつくと、ヴァレッドの後ろに控えていたレオポールがふっと笑みを零す。

「ティアナ様、大丈夫ですか？　ゆっくりと食事をなさってください。量が多いようでしたら残されても構いませんよ」

「お気遣いありがとうございます。大丈夫です、決して残しませんわ。料理を作ってくださった方に申し訳ありませんもの」

「そうですか？　無理はなさらないでくださいね」

そう気遣うレオポールに頭を少し下げ、ティアナは食事を再開する。

食事の間に用意された机には八脚の椅子が用意されていたが、それに座っているのはティアナとヴァレッドの二人だけだ。

向かい合うように赤いベルベットの椅子に腰掛けて、二人で会話もすることなく黙々と食事をする。

お互いの主人の後ろにつくレオポールとカロルは、最初その様子にハラハラしたが、十分も経たないうちに諦めたように慣れてしまった。

蠟燭《ろうそく》の明かりがいくつもある室内に、食器の当たる音だけがやけに大きく響く。

その沈黙の時間が息苦しく感じないのは、料理を目の前にしたティアナの表情が眩しいぐらいに明るいからだろう。

料理が出る度にまるで大発見をしたかのように顔を綻《ほころ》ばせ、とても美味しそうに口に運ぶティアナの姿はさながら小動物だ。

その姿に、重苦しい沈黙が支配するはずだった室内の空気は和み、その場にいる誰もが思わず頬を緩ませた。

そう、ヴァレッド以外は……。

「そんな顔をしても、俺はもう二度と君に騙されるつもりはない」

「はい？」

ヴァレッドのその剣呑な言葉にティアナは口に運び駆けたフォークを止めて首を傾けた。

彼の後ろではレオポールが額に手を当てて天井を仰いでいる。

ヴァレッドは苛々とナイフを何度も皿に当てるようにして音を出し、ティアナを睨みつけた。

「君は〝女〟だ。俺は君を信用しない。そんな顔をして場を和ませようとしても無駄だ」

「え!? 私、変な顔していましたか? 料理がとても美味しくて、ついつい顔が緩んでしまって……。すみません。はしたない顔をしていましたか?」

「いや、別にはしたなくはないが……」

「そうですか、よかった」

胸に手を置き、ほぉっと安心したように息をつくティアナを、ヴァレッドは困ったような表情で眺める。

そんな彼の視線に気が付いたのか、ティアナはヴァレッドに向かってにっこりと微笑んだ。

「そう言えば、ヴァレッド様には今回のお礼を言ってなかったですわ」

「お礼?」

「はい。ヴァレッド様、この度は私のような〝訳あり〟をもらってくださってありがとうございます。誠心誠意尽くしますので、どうぞこれから末永くよろしくお願いいたします」

ティアナは椅子に腰掛けたままヴァレッドに向かって深く礼をする。

その言葉と仕草にヴァレッドは今まで以上に表情を固くした。

そんな主人の表情の変化にレオポールは慌ててヴァレッドを止めようとするが、時既に遅し……。

「俺は君に尽くされたいとは思わない」

その低い声に、さすがのティアナも体をぴくりと跳ねさせた。

彼が気分を害したのが伝わったのだろう。

ティアナは少し伏せ目がちになり、「すみません」と謝った。

「別に怒っているわけではない。妻になるからといって『尽くす』というのは違うと言いたかっただけだ。あと、『私のような』という言い方は好きじゃない。君が〝訳あり〟なのは理解しているし、それを込みで了承したのは俺だ。君が自身を卑下する必要はない」

「えっと、ヴァレッド様？」

ヴァレッドの言葉に一番驚いたのはレオポールだった。

次いでティアナの後ろにいるカロル。

ティアナは頬に手を当てて嬉しそうに口角を上げた。

「ありがとうございます！　ヴァレッド様はやっぱりお優しいのですね」

「君はまた変な勘違いを……」

「いや、今のは勘違いじゃないでしょう」

レオポールはすかさず突っ込むが、ヴァレッドは納得してないようで、片眉を上げて家令を睨む。

本人に自覚はないのだろうが、先ほどの言葉はどこからどう聞いてもティアナを気遣ったものだ。

レオポールはその主人の言葉に、安堵したように息をついた。

もしかしたら、思ったよりもこの結婚生活は長く続くかもしれない、と。

ヴァレッドは、女性に対しては異様に厳しいが、普段は部下にも優しい模範的な領主だ。

先ほどの台詞は彼女に対する気遣いというよりも、彼の普段からの優しい部分が垣間見えただけなのだろう。

だが、それが出てくるようなら大丈夫ではないかとレオポールは思うのだ。

しかし、そんな生温かい想いを噛みしめていた彼に届いたのは、ヴァレッドの苛立ったような声だった。

「ところで、君はいつまでその肉をつついているつもりだ？　腹がいっぱいなら残せばいいだろう？　これだから女は小食で困る」

「お気遣いとっても嬉しいですわ！　でも私、残すのは作った人に申し訳なくて……」

何とか魚を食べ終えたティアナは、やってきたメインディッシュに手を付けられないまま、ふぅと息をついた。

そんな彼女の態度にヴァレッドは更に苛立たしげに声を上げる。

「君が食べ終わらないと俺も席を立つことができない。その慎ましい態度もどうせ演技だろう？　そんなことで俺は惑わされない。いい加減諦めてくれないか？」

「慎ましいだなんて、ヴァレッド様は本当にお口が上手いですわ」

「君は！　なんで！　そうなんだ‼」

顔を真っ赤にして怒るヴァレッドを、ティアナは不思議そうに眺める。

その顔に毒気を抜かれたのか、ヴァレッドも怒りを収めて椅子に深く腰掛けた。

ちなみに、ヴァレッドの皿はもう何分も前に下げられている。

「残すのが勿体《もったい》ないというのなら、誰かにやったらいいだろう？　そうすれば食べ物も無駄にならずに済むし、皿が空になっていたら料理人には食べたように映る」

　ヴァレッドはティアナの後ろに控えるカロルを一瞥してからそう言った。暗に彼女に食べてもらえばいいと言っているようだ。

　そんなヴァレッドの視線に気づいているのかいないのか、ティアナは彼の提案に手を打ち鳴らす。

「それは良い案ですわ。さすがヴァレッド様！　……でもいいんですか？」

「別に、好きなようにして構わない」

「そうですか。では……」

　ティアナは手元にある肉を一口大に切り分けて、ヴァレッドに皿を差し出した。

「どうぞ」

「は？」

　ひっくり返ったような声を出して、ヴァレッドはその肉の塊の前でしばし固まった。

　そして、ティアナと肉を交互に見た後、まるで助けを求めるようにレオポールに視線を移す。

「『どうぞ』より『あーん』の方がよかったですか？」

「いや、それはいい。本当にいい」

「そんなに『あーん』がいいと言ってくださるなんて思いませんでしたわ。では、あーん」

「いや！　違う！　そっちの『いい』じゃなくてだな！」

　いつの間にかティアナは皿を持ってヴァレッドの隣で小首を傾げている。

　ヴァレッドが混乱したまま体を引くと、それを見ていたレオポールがくすくすと笑いはじめた。

「今回はヴァレッド様の負けでしょう。諦めてお召し上がりください」

「だが！　こいつは女だぞ！　もしかしたら毒でも仕込んで……！」

「仕込んでいる訳ないでしょう。そんな暇が無かったのはヴァレッド様もご存じのはずですが？

いいじゃないですか。新妻からの『あーん』、微笑ましいですよ？」

「まだだ！　まだ結婚してはいない！　だからこれはっ！」

「もしかして、お嫌でしたか？　それとも、やっぱり失礼すぎたでしょうか？」

ティアナのその悲し気な声にヴァレッドはぐっと言葉を詰めた。

この隙を逃すまいとしたのだろうか、今まで傍観を決め込んでいたカロルがティアナの肩に手をやり、そっと微笑む。

「ティアナ様、大丈夫ですわ。先ほどヴァレッド様は『好きなようにして構わない』と仰ってました。彼のようなお優しい男性が言葉を違えるとは思えません」

「そうですよ、ティアナ様。主人は一度言ったことを決して違える人ではありません」

「…………」

四面楚歌とはまさにこのことで、ヴァレッドは屈辱に顔を歪ませながら、ティアナの皿が綺麗になるまで、彼女の『あーん』を受けたのであった。

第二章　もう一つの噂

ティアナがヴァレッドの城に来て一週間が経った。

彼女は結婚式の準備をしたり、趣味の刺繍をしながらこの一週間を過ごしていた。

結婚式といっても女性嫌いのヴァレッドが派手な結婚式を望むわけもなく、いつもより少しだけ煌びやかなドレスを着て、城の敷地内にある教会で結婚誓約書にサインをするだけの予定である。

もちろん、誓いのキスなどは端《はな》から予定にも組まれていない。

なので、準備といえば屋敷から持ってきたドレスの手直しぐらいのもので、ティアナは暇になった時間のほとんどを趣味の刺繍に費やしていた。

そうして、薔薇の刺繍が施されたハンカチが五枚ほど出来たところで、ティアナは溜息と共に机に突っ伏した。

「もうダメですわ！　私、ヴァレッド様に嫌われてしまったのかもしれません！」

「ティアナ様にしてはずいぶんと弱気な発言ですわね」

突っ伏したティアナの隣に紅茶を置きながら、侍女のカロルは珍しそうにそう言った。

この、どこまでも前向きで楽観主義者のティアナが落ち込むなんていうのは、年に一回あるかないかだ。それは、それは、相当に珍しい。

「まぁ、あれだけ露骨に避けられていたら、そう思うのも当然ですわね」

「え？　私、避けられていたの？」

「…………」

カロルは己の主人の鈍さに呆れたような顔になる。

それもそのはずだ。ヴァレッドはあの晩餐をした翌日から、あからさまにティアナを避けるように行動していた。

ティアナが声をかけようとすれば足早に去っていき、視線が合いそうになれば、首が飛んでいくのではないかと思うぐらいの速度でそっぽを向く。

声をかけることに成功しても、返ってくる言葉は『そうか』や『わかった』など素っ気ないもので、さすがにこれはティアナも傷つくだろうと思っていれば、先ほどの発言だ。

もはやこれは鈍感どころの騒ぎではない。

カロルのそんな呆れたような視線を受けても、やはりティアナはその表情の意味にも気付いていないらしく、紅茶を一口啜ると、少し憂いを帯びた息を吐き出した。

「今朝、たまたまヴァレッド様に会ったのだけど、実はその時に『魔女』と言われてしまって……」

「はぁ？　『魔女』ですか？」

カロルの言葉にティアナは一つ頷いた。そして、その今朝あった話をティアナは説明し始めた。

「今朝、ヴァレッド様が廊下で庭師の方とお話をしていたのです。それで、そこを通る時に挨拶をしたら、その庭師の方に話しかけられてしまって……」

「庭師の方に？」

「ええ。どうやら私を探していたようで……」

ティアナが言うには数日前、薔薇園の薔薇があまりにも見事に咲いているので、庭師にお礼とねぎらいの手紙を書いたそうなのだ。

その庭師はその手紙にいたく感動したらしく、わざわざ直接お礼を言いに来てくれたらしい。

『奥方様からそういっていただける機会って本当にないから、とても嬉しかったです！　おやっさんも嬉しそうにしていました!!』

そう言いながらその若い庭師はティアナに小さな薔薇の花束を手渡してきた。

『これはご結婚のお祝いです！　剪定している時にどうしても切ってしまう花を集めただけのものですが……って、やっぱり失礼でしたかね？』

『そんなことありません！　素敵なプレゼントありがとうございますっ！』

ティアナが薔薇の花にも負けないぐらいの笑顔でそう言うと、その若い庭師も照れたように頭をかいた。

そのやり取りを黙って見ていたヴァレッドに、ティアナは『魔女』と言われたのだ。

『君はそんな人心掌握術をどこで学んだんだ？　……まさか、魔女なのか……？』

ヴァレッドは呟くようにそう言ったのだが、ティアナにはしっかり聞こえていたのである。

ティアナは今朝のことを説明し終えるとまたぐったりと机に伏した。

「『魔女』って魔法を使う女性のことでしょう？　もしかしたら私もヴァレッド様のいう〝女〟の枠に入っているのではないかと不安になってしまったの」

「何を今更……」

ティアナには聞こえない声で、カロルはそう独りごちた。

その枠組みにならば『入っているのではないか』ではなく、最初から当然の如く『入っている』のだ。

「思ったよりも仲良く過ごさせていただいているから、てっきり私はヴァレッド様に女としてみられていないものだと思っていたのに……」

「仲が良い？　……それよりも、夫婦なのに女として見られない方がいいんですか？」

「ええ！　ヴァレッド様に嫌われたくないもの！」

「……そうですか」

少し馬鹿馬鹿しい気分になりながら、カロルは目の前の主人のカップにおかわりの紅茶を注いだ。

湯気の向こうに見える彼女はやはりどこか落ち込んでいるように見える。

それを振り切るように、カロルは少し明るめの声を出した。

「そんなことより、『魔女』と呼ばれた方は気にならなかったのですか？　魔女といえば物語では大体悪役ですが」

「魔女は魔法を使える女性のことでしょう？　凄いじゃない！　それに、悪役だけじゃなくって、良い魔女が出てくる本もたくさんあるわ！　……あら、でも考えてみたら、『魔女』ってそんな凄い人のことなのよね。もしかして、今朝のは褒められたのかしら？　そうだわ！　私ったら何勘違いしていたのかしら！」

嬉しそうに顔を上げたティアナに、カロルはふっと笑みをこぼす。

カロルに『避けられている』と言われたことはすっかり忘れているらしい。

「……ティアナ様のその発想は、本当に凄いと思いますわ」

「ふふふ、ありがとう」

「何はともあれ、元気になってくださったのなら、よかったです」

なんだかんだ言って、カロルはティアナのことが大好きなのだ。

親戚もいない遠い地に一緒に赴いてしまうぐらいには慕っている。

だから、彼女が微笑んでくれるなら何でもしようと思うのだ。

「ヴァレッド様の弱点、摑んでおいた方が良さそうね……」

ニヤリと笑うカロルにティアナは当然気づかない。

その暗い笑みのまま、カロルは地を這うような声でこう呟いた。

「ヴァレッド様、ティアナ様を『魔女』呼ばわりにした罪は重いわよ」

◆◇◆

「今、なにか寒気がした！　魔女だ！　彼女の仕業に違いない!!」

ぶるりと体を震わせるヴァレッドの頭を、丸めた書類で殴るのは家令のレオポールだ。

二人は今朝から執務室に籠もって書類仕事をこなしているのだが、ヴァレッドの調子が今朝からこんな感じで、レオポールはほとほと困っていた。

「何を言っているんですか？　貴方、そんなオカルト的なこと言う人ではなかったですよね。魔女ってもしかしなくてもティアナ様のことですか？」

「当たり前だ！　彼女以外に誰がいる!?」

「何がどうしてティアナ様が魔女という話になるんですか？」

「そう考えなければ辻褄が合わないことばかりだからだ！　お前も、料理長も、侍従も、庭師も、皆おかしくなっている！」

「私も？　意味がわかりませんが……」

ヴァレッドは口に手を当てたまま、青ざめた表情で事の次第を話し始めた。

「あの晩餐が終わった翌日、侍従達から嘆願書が届いた。いろいろ書いてあったが、要は彼女を絶対に実家に帰すなというものだった」

「それは相当な気に入られようで」

「まだあるぞ。そのまた翌日、晩餐の様子を聞きつけた料理長から、彼女の料理の食べ具合を聞かれたんだ。どうやら、今度から料理を出す時は彼女には食べきれるように少なめで料理を作るようにするらしい」

「手間暇籠もっていますねー」

適当な相槌を打ちながらレオポールは仕事の書類に目を通していく。

一方のヴァレッドは、完全に仕事の手は止まっているようだった。

「今朝なんてティアナは若い庭師から花をもらっていたんだぞ！　しかも『いい奥方様が来てくれてうれしいです』とまで言われて……」

「それは少し焦った方がいいんじゃないですか？」

その庭師がティアナのことを……なんて考えが全く浮かばない己の主人に、レオポールは半眼になる。

しかし、ヴァレッドはそんなレオポールの視線など無視をして、彼の鼻先に指を突き付けた。

「そして、極めつけはお前だ！　最近、彼女に会え会えと五月蝿《うるさ》いし、何かと彼女の肩を持ちたがるだろう！」

「まぁ、仕方ありませんね」

「……俺もここ最近の自分はおかしかったように思う。彼女をまるで女として見ていなかった！」

「それは本当に、いろんな意味で問題ですね」

これから娶ろうかという女性のことを女として見ていないというのは、少々どころではなく、問題だろう。

「だから俺はこの数日考えて、ようやく今朝答えを見つけだした！　彼女は魔女だったんだ！　そして、魔法で俺やお前たちの心を誑《たぶら》かし……」

「いい加減にしなさい！　このっ、アホ主人が‼」

レオポールの持つ丸めた書類が良い音を響かせてヴァレッドの脳天を直撃する。

その衝撃にヴァレッドは低く唸った。

「侍従達がティアナ様を気に入ったのは、食事をする時の貴方と彼女が仲睦まじそうに見えたからでしょう！　料理長が気を使うのは、ティアナ様が料理人に敬意を払うような方だったからです！私の場合は、単純にあの方にならば貴方を任せられるんじゃないかと、期待をしているからですよ」

「しかし、今まではこんなことにならなかった……」

そう、ヴァレッドは以前にも妻になる予定の者を迎えたことがある。しかし、皆、ヴァレッドの性格に耐えきれず幾日も保たずに帰っていったのだ。

最短で数分、最長でも五日である。

五日居た者でさえも侍従や料理人にこんなに好かれることは無かった。

「まぁ、それだけ皆、彼女を貴方の奥方に、迎えてほしいと思っているんですよ」

「…………」

釈然としない顔をして、ヴァレッドは押し黙る。

その様子にレオポールは呆れた笑みを浮かべた。

「貴方だって、本当にティアナ様が魔女だと思っているわけではないでしょう？　大体、昔から魔法や魔術の存在を信じてないじゃないですか」

「まぁ……」

「何にしても、数週間後にはティアナ様は貴方の奥方です。これを機に、どうです？『女嫌い』を卒業されてみては？」

「……それは無理だ」

そう断じたヴァレッドのアメジスト色の瞳が一瞬にして暗く淀む。

レオポールはそれに気づき、はっとしたように息を呑んで、その後「失礼しました」と謝った。

「まぁ、卒業は無理でも、ティアナ様と少しは仲良くしといてくださいね。一緒に暮らすんですから、いつまでも苦手だと遠ざけるのも良くないでしょう？」

「…………」

ヴァレッドはその言葉を拒否も了承もしなかったが、このタイミングでの沈黙は恐らく了承だとレオポールは判断して、満足げに頷いた。

◆◇◆

「お二人で花祭りの視察に行ってきてください」

レオポールのその言葉は唐突なものだった。

提案というより、命令に近いその声色にヴァレッドとティアナは同じように驚いた顔をして目を瞬かせる。

この時期に行われる花祭りの視察は毎年恒例らしいのだが、二人の行く末を案じるレオポールは、それにかこつけて二人の仲を進展させようと目論んだのだ。

ヴァレッドと出かけることをティアナは頬を上気させて喜んだが、ヴァレッドは当然の如く嫌がった。それはもう、凄い勢いで嫌がった。

しかし、結局はレオポールの「ティアナ様に街を案内してさしあげてください」の一言で渋々承諾をし、二人は現在、向かい合うようにして馬車に揺られていた。

黒塗りの磨き上げられた高級な馬車に、似つかわしくない格好の男女が一組。

ヴァレッドは白いシャツに藍色のベスト。下には体にぴったりと密着するようなズボンを穿いている。腰に巻いたベルトには護身用の細身の短剣がぶら下がっており、一見すると休日の騎士のような格好だ。

一方のティアナも、襟ぐりの開いた白いシャツに赤と茶色が混じったようなエプロンドレスを身につけていて、どこからどう見ても街娘にしか見えない格好である。

そう、二人はお忍びで視察に赴くのだ。

護衛の者もつけない二人だけのお出かけにティアナの胸は否応無しに高鳴った。

「ふふふ、お忍びなんて初めてですわ。花祭りも凄く楽しみです。ヴァレッド様、連れてきてくださってありがとうございます！」

ティアナがそう跳ねる声で言えば、ヴァレッドは不信感満載の顔を彼女に向ける。

「礼なら、俺ではなくレオに言え。……そんなことより、君はその格好が嫌ではないのか？　街娘のような格好だが」

「いいえ、ちっとも。むしろ動きやすくて、普段着をこれに変えたいぐらいですわ！」

ティアナはスカートの裾をもちあげながら嬉しそうにそう笑う。

「本当にそう思っているのか？　どうせ、俺の気を引こうと思って言っているのだろう？　内心では『みすぼらしい』『汚らしい』と思っているんじゃないか？」

「ヴァレッド様！」

いつもの調子で皮肉たっぷりにヴァレッドがそう返せば、ティアナは珍しく、少し張ったような声を出した。

「その言い方はいけませんわ。たとえ本心で思っていなくても、この格好を『みすぼらしい』『汚らしい』と表現しないでくださいませ。領民の方に失礼です」

普段の様子では考えられないぐらい凛とした表情でそう言われ、ヴァレッドは思わず目を瞠った。

公爵家に嫁ぐことができるティアナは、当然貴族出身だ。

彼女の父は伯爵の位を持ち、ヴァレッドが治めるテオベルク地方よりは狭いが国王から領地も任されている。

彼女の父は娘にはめっぽう甘いが、領民想いの優秀な領主だった。

そんな父を見て育ったティアナもまた、領民への想いを持った優しい娘に育っていたのだ。

そんなティアナからしてみれば、先ほどの発言は許せなかったのだろう。

ヴァレッドはその思わぬ角度からの反論に、まじめな顔をして頭を下げた。

「そうだな、その通りだ。すまない。これからは気をつける」

「わ、私ったら、出過ぎたことをっ！　私こそすみません！」

たった今、自分の発言の意味に気づいたのか、ティアナは青い顔をして慌てたように頭を下げる。

ヴァレッドはその様子に思わずふっと失笑してしまった。

その表情は困っているような、喜んでいるような、何ともいえないものだ。

「……まさか君に諌《いさ》められるとは思わなかった。俺に堂々と意見してくるのは国王と父とレオぐらいのものだと思っていたからな」

「ほ、本当に申し訳ありません！」

「頭を下げる必要はない。今のは確かに俺が悪かった。……君は本当に……」

そこで言葉を切ったヴァレッドの様子にティアナは首を傾げた。

心なしかヴァレッドの耳が赤いような気がする。

「ヴァレッド様？　私がどうかしましたか？」

「……いや、君は本当に女らしくないと思ってな」

「えぇ！　私、女性らしくありませんか？　どうしましょう！　胸が、胸が小さいのがダメなのでしょうか!?　確かに平均よりはないかもしれませんが、それなりには……」

胸に手を当てて慌てだしたティアナにヴァレッドは思わず噴き出した。

ゴホゴホと何度も咳こんで、蹲《うずくま》るように体を丸くさせる。

その背中をティアナが気遣うようにゆっくりと撫でた。

「君はどうして！　こういう時だけ前向きじゃないんだ！」

「ヴァレッド様？　やはり、私の胸が足りませんか？」

「違うっ！　今のは、その、…………褒めたんだ！」

呟き込んだためか、照れたためか、そういうヴァレッドの顔は少しだけ赤い。

ティアナはヴァレッドのそんな顔色に気づくことなく、自身の胸を見下ろすと、目を瞬かせながら首をひねった。

「え？　ヴァレッド様は胸がない方がお好みだったのですか？」

「もう、本当はただの阿呆だろう‼」

その叫びは馬車の外までにも響くようだった。

◆◇◆

「すごいですわ！　ヴァレッド様！　すごいです！」

子供のように声を上げて、ティアナがきょろきょろと辺りを見渡した。

街中に飾られている色とりどりの花と、大通りに並ぶ露店が祭りの活気を二人に伝えてくる。

広場には人が溢れ、小さな子供たちが花の形のオーナメントを持って二人の足下をかけずり回っていた。

二人は馬車を人の目から隠すように停め、祭りの中心である広場にやってきたところだった。

お忍びでやってきたというのに、隠れる気が無いティアナの様子に、ヴァレッドは困ったような顔をして釘を差す。

「あまりはしゃぐな。顔を隠しているわけじゃないから、目立ちたくないんだ」

「わかりましたわ！　目立たないように楽しみます！」

ぜんぜんわかっていない声色でティアナが嬉しそうにそう笑った。

それにつられてヴァレッドも思わず微笑む。

しかし、その表情も一瞬のことで、ヴァレッドは表情を引き締めると、恥ずかし気に一度だけ咳払いをした。

「レオに言われたからな、視察のついでに君の案内もしてやろう。ほら、行くぞ」

「はい！　ありがとうございます！」

そう元気のよい返事をして、大股で歩くヴァレッドの後ろをティアナは小走りでついて行くのだった。

◆◇◆

「花祭りは気候のいいシュルドーで春の時期に行われる祭りだ。最初は小さな花農家がいくつか集まってはじめた祭りだそうなんだが、だんだんと規模が大きくなって今ではシュルドーを代表する祭りとなっている」

ヴァレッドは歩きながら花祭りや街のことをティアナに案内した。

その口調は淡々としているが、少し前のような刺々しさはみじんも感じられない。

ティアナはヴァレッドの後をついて歩きながら、周りをぐるりと見渡した。

「シュルドーは干ばつや寒害など大きな自然災害が少ない土地だと聞いています。そのおかげで農業が盛んな土地なのだと。きっと花を生産している農家さんも元々多かったのですね」

ティアナのその答えにヴァレッドは目を見開いた。

「すごいな。勉強してきたのか？」

「はい。輿入れが決まってからなのであまり時間は取れませんでしたが。シュルドーの主要産業が交易と農業というのは知っています。交易に関しては、ジャミソン領とダウニング領に繋がる大きな道があるからだとも……」

「そうだ。ジャミソン領とダウニング領は互いに関税は撤廃しているから、取引がしやすい相手だ。商人からしてもそうなのだろう。それ故にシュルドーには変な輩が潜んでいることも多い」

だから見て回る必要があるのだと言外に言って、ヴァレッドは少し後ろにいるティアナを振り返った。

「君は真面目だな。しかし、輿入れまであまり時間がなかっただろう？　どこまで勉強してきたんだ？」

「お話から輿入れまで一週間ぐらいしかなかったので、お恥ずかしながらドミニエル領のことだけです。それも大まかにしか……。こちらに来てから周辺領のことも少し勉強しました。独学なので知識は偏っているかもしれませんが……」

「それなら、今度から暇な時にでも俺が教えてやろう」

「えっ！　いいのですか？」

ティアナは頬を染めながら驚いたようにそう言った。その口元には笑みが浮かんでいる。

ヴァレッドはそんな彼女に一つ頷いた。

「あぁ、真面目な者は嫌いではない。……女は嫌いだがな。それによく考えれば、俺も君がこの土地のことをよく理解してくれている方がいろいろと助かる。もし、家庭教師をつけてほしいというならそうするが……」

「いえ、大丈夫です！　私はヴァレッド様に教わりたいですわ！　もし、我儘を聞いていただけるのなら、教科書になりそうな本を数冊貸していただけると嬉しいのですが」

「最初の我儘がそれか……」

本を数冊貸してほしいという願いに、ヴァレッドはふっと笑みをこぼす。

「もしかして、いけませんでしたか？　過ぎた願いだったでしょうか？」

「いや、ささやかすぎて驚いたぐらいだ。君が来る前は、妻にはもっと私利私欲の詰まった願いをされるものだと思っていたからな。金をいくらか積んで黙らそうかとも考えていたのに、……君は無欲だな」

無欲と言われたティアナは微笑みながらゆっくりと首を振った。

「いいえ、私は無欲ではありませんわ。ヴァレッド様が先まわりしていろいろと気遣ってくださるので、私が我儘を言わなくても済んでいるのです」

「俺の気遣いで解消されることなら、それはもとより我儘ではないと思うが？　君にはないのか？　もっとこう、俺にしてほしいことというのは……」

ヴァレッドの言葉にティアナは小さく首をかしげて数秒考えた。

そして、何か思いついたのか顔を跳ね上げると手を打ち鳴らした。

「そうですね……。あ、では一つだけ！」

「なんだ？」

「私歩くのが遅いので、もう少しゆっくりと歩いていただけると助かりますわ」

「それも我儘ではないだろう」

そう言って歩き出したヴァレッドの歩幅は少しだけ小さくなっていた。

そうしてしばらく視察を兼ねた街案内をし、二人はある商店の前で足を止めた。

そこは小さな雑貨屋とお茶処が一緒になったような店舗だった。

大通りに面したところには可愛らしい雑貨が並び、奥まったところではお茶を飲んでいけるようなスペースが確保されている。

ヴァレッドの話だと、ここで以前、違法な薬物の取引が行われていたらしい。

その取引に店は関わっていなかったようで、店主の告発でその者達は摘発されたのだが、また同じようなことになっていないかと心配したヴァレッドは、この機会に様子を見に来たらしいのだ。

ヴァレッドが店の中に入っていき、店主から話を聞いている最中、ティアナは店先で雑貨を見ながら目を輝かせていた。

そして、そこにあるガラスで出来た花のオーナメントを手に取り、太陽に透かせる。

開ききった五枚の花びらそれぞれが違う色のガラスで作られており、まるでステンドグラスのようにティアナの顔を色とりどりに染め上げた。

「これにしましょう！」

「それを買うのか？」

「ひゃっ！　ヴァレッド様！」

話を終えて戻ってきたヴァレッドがそう声をかけてきて、ティアナはこれでもかというほど驚いた。子ネズミのように飛び上がれば、目の前の彼は視線を和ませる。

「は、はい。カロルにお土産を買って帰ろうかと思いまして」

「お土産？　君はあの侍女とずいぶん仲がいいな」

「それを言うなら、ヴァレッド様もレオポール様と仲がいいですわよね。まるでご兄弟のようですわ！」

「まぁ、実際兄弟のように育ったしな」

昔を思い出しているのか、懐かしそうに目を細めるヴァレッドをティアナは嬉しそうに眺める。

慈しむようなその表情はまるで恋人に向けるようなものだと考えて、ティアナははっとした。

「まさか！　ヴァレッド様……」

「どうかしたのか？」

「いいえ、何でもありませんわ！」

必死に首を振るティアナの様子はどこからどう見ても『なんでもない』ようには見えない。

染めた頬を両手で包みながら、ティアナは身体をくねらせた。

(もしかして、ヴァレッド様はレオポール様のことを⁉)

その瞬間、ティアナの脳内に蘇ったのはヴァレッドのあの噂だった。

『男色家』

めくるめく禁断の世界の扉を開けたような、そんな気分になったティアナは、頬をさらに上気させ、予習をしてきた男色の知識を必死で思い出す。

そうして、ヴァレッドとレオポールの関係に想いを馳せた。

男同士ということもさることながら、主従という関係も彼らを阻む壁となるだろう。

そして、ヴァレッドはもうすぐティアナと夫婦になる予定である。

自分が一番の障害となる事実にティアナは拳を握りしめた。

(ヴァレッド様大丈夫です！　私、お二人の関係を応援いたしますわ！　あんなに優しいヴァレッド様が、私が嫁いできたせいで不幸になるなんて、あってはならないことです‼)

ティアナは領地のことを教えてくれるといったヴァレッドのことを思い出し、握りこぶしを胸に掲げたまま、大きく頷いた。

決意に満ちた瞳でヴァレッドを見上げれば、アメジスト色の瞳が呆れたように眇《すが》められている。

その不機嫌そうな視線にティアナははっとした。

ヴァレッドとレオポールが両想いだという確証はない。もしかしたらヴァレッドの片想いかもしれないのだ。

そもそもヴァレッドの気持ちだって、ティアナの勘違いかもしれない。

ティアナはそのことに思い当たり、窺うような声を出した。

「ヴァレッド様はレオポール様のことをどのように想ってらっしゃるんですか？」

「レオか？　まぁ、優秀な奴だと思っている。仕事も速いし、正確だ。元々はあの屋敷に仕えていた庭師の息子で、本人も庭師を目指していたんだがな。俺が爵位を継ぐ時に家令として仕えてくれないかと口説き落としたんだ」

「……口説き落とした、ですのね？」

「ん？　あぁ」

「ヴァレッド様はレオポール様を大切に思ってらっしゃるのですね!?」

熱のこもった視線を向けられて、ヴァレッドは一歩後ずさる。

「質問の意味がわからない」

「答えてくださいませ！」

「……そうだな。家族のように思っている。大切な奴だ」

「まぁ！　家族のようにですか!?」

突然の愛の告白にティアナは顔を真っ赤に染め上げた。

『家族のように』と言うのは、きっと恋い慕う男女が夫婦になるのと同じようなものだと、ティアナの頭はヴァレッドの言葉を華麗に変換させる。

一方、そんなつもりでその言葉を口にしていないヴァレッドは、百面相をしているティアナに窺うような声を出した。

「君が顔を赤くしている意味がわからないんだが、何かまた勘違いしていないか？」

「いいえ。勘違いだなんて！　先ほど確信したばかりですわ！」

「だから、何を？」

ヴァレッドは背筋に伝う汗を感じながら、怖々とそう聞いた。

「ヴァレッド様とレオポール様は想い合っているのでしょう？」

「はぁ!?　お、想い合ってる!?　何の話だ？」

「恋愛の話ですわ！　私、お二人はとってもお似合いだと思っております！」

まるで慈しむような瞳をヴァレッドに向けて、ティアナは微笑む。

ヴァレッドはそんな彼女に頬を引きつらせた。

「なんでそんな勘違いをっ!?　第一、レオは男だぞ!?」

「わかっております！　ヴァレッド様の恋路には難がおありなことも！　このティアナ、ヴァレッド様の恋を全力で応援する所存です！」

「違う！　俺とレオはそんな関係じゃない！」

「隠さなくても大丈夫ですわ！　私、衆道には理解がありますの！　想い合う二人に性別は関係ないですわ！」

そのティアナの声に辺りがにわかにざわついた。ヴァレッドは慌ててティアナの腕を引く。しかし、彼女は梃子《てこ》でも動かない。

「ティアナ！」

「まあ、嬉しい！　ヴァレッド様が名前で呼んでくださったの初めてですわ！」

「何に喜んでいるんだ！　行くぞ！」

「あら、ダメですわ！　私これ買わないといけませんもの！　窃盗になってしまいます！　あと、私もお揃いのものが欲しいのです！」

ティアナの手にあるのはステンドグラスのような花のオーナメントだ。

ヴァレッドはそれをティアナの手から奪い取ると、焦ったように早口でまくし立てた。

「わかった！　買ってやる！　買ってやるから早くここから離れるぞ！」

「お金なら持ってきていますから大丈夫ですわ。お財布は、えっと……」

「店主――‼　これと同じものを二つくれ！　大至急だ！　頼む！」

二人の騒ぎに人が集まりだす。

その中の数人はヴァレッドの正体に気づいたようでひそひそと耳打ちを交わしていた。

漏れ聞こえる『衆道』という単語や『ヴァレッド様とレオ何とか様が……』という声に、ヴァレッドは更に焦って声を大きくした。

「お金は後でお返しいたしますね！　あ、ヴァレッド様もレオポール様との愛の証にお揃いにしてはいかがですか？」

「ティアナ、君はちょっと黙っていてくれ‼　店主、早くしろ‼」

結局、何故か四つのオーナメントを買ったヴァレッドは、ティアナの手を引いてその場を逃げ出したのだった。

◆◇◆

「まったく、君は！　君ときたらっ！」

「ヴァレッド様、これを」

人目を避けて逃げ込んだ先は入り組んだ路地裏だった。

文句を言おうと口を開いたヴァレッドは、ティアナの差し出してきた数枚のお札に目を丸くして、思わず口を噤んだ。

そこには先ほど雑貨屋で買ったオーナメント四つ分のお金がある。

「先ほどのお土産の代金ですわ。私がゆっくりしているせいで払わせてしまってすみません」

「何故だ？　しかも四つ分も……」

「何故って、私のお買い物ですから。あ、二つはお二人にプレゼントします。いつも良くしてもらっているお礼ですわ」

にっこりと微笑むティアナと彼女の手のひらにあるお札を何度も見比べて、ヴァレッドは困惑したような声を出した。

「……女というのは貢がれるのが当然だと考えているような生き物だろう？　なのに、君は……」

「そうなのですか？　私、その辺よくわからなくて……。ヴァレッド様、手を」

腕を摑んでいたヴァレッドの手を取って、ティアナはお金をその手に握らせた。

ヴァレッドは慌ててそのお金を突き返す。

「金はいい。家から持ってきたお金を使うと、後々君が困るだろう？」

「心配してくださっているのですね。嬉しい！　でも、ご安心ください。先日、ハンカチを買っていただける小売店を見つけましたの。もう何枚か納品いたしましたので、懐も少しですが潤っていますわ」

「……ハンカチ？」

ヴァレッドの怪訝な声にティアナは一つ頷いた。

「刺繍を施したハンカチを売っていますの。故郷ではハンカチ以外にも刺繍をして売っていたのですけど、ここの土地は初めてですので、まずハンカチからと思いまして」

「君は、仕事を？」

「仕事というほどの量はしていませんわ。小売店を見つけてくれたのも、納品をするのも、カロルですし……」

ヴァレッドは目を丸くしてティアナを見つめる。

その視線にティアナは恥ずかしそうに頬を染めた。

そして、紙袋の中からオーナメントを二つ取りだし、ティアナはヴァレッドに差し出す。

「プレゼント……というのは、やはり失礼ですか？」

「いや……」

「なら、もらってくださいませ。いつもとてもよくしてもらっているので、これではお礼にならないかもしれませんが……」

ティアナが差し出したそれをヴァレッドは戸惑いつつ受け取った。

「女から何かをもらったのはこれが初めてだ」

「私も男性に何かを贈るのは初めてですわ」

ティアナは恥ずかしそうに笑う。

ヴァレッドもティアナにつられるように口元を歪めていた。

二人が人目を気にするように路地から出ると、辺りは夕日により赤く染まっていた。人も昼間よりは幾分か少なくなっていて、宿屋からは腹の虫を起こすようないい香りが漂ってくる。

二人も家路につこうと馬車に向かったその時、突然大きな鐘の音と、内臓に響くような歓声が耳《じ》朶《だ》を激しく打った。

「な、何でしょう。今の……」

ティアナが音のした後方を振り向きながらそう言えば、ヴァレッドも同じように後方を見ながら、冷静に答えた。

「この先には教会がある。おそらく結婚式でもしているのだろう」

「まぁ！　結婚式ですか⁉」

胸の前で両手を合わせ、目を輝かせるティアナを、ヴァレッドはしばらく眺めてから「行ってみるか？」と声をかけた。

ヴァレッドのその声にティアナは顔を綻ばせる。

「いいのですか？」

「少しだけならな。夕食までには戻るぞ」

「ありがとうございます！」

そう言いながら、彼女は喜びを表すようにくるりと回ってみせた。

◆◇◆

夕日に照らされる中、大勢の参列者に囲まれて新郎と新婦の二人は幸せそうに歯をみせて笑っていた。くすぐったそうに身を寄せ合って、フラワーシャワーを浴びている。

ドレスもタキシードも決して豪華なものじゃない。

しかし、その光景はどこか眩しくて、ティアナは思わず目を細めてほぉっと息を吐いた。

「素敵ですわね」

「女はこういうのが好きだな。俺からしてみれば結婚式なんていうのは悪魔の儀式だ。新郎の選択は理解に苦しむ」

「でも、とっても幸せそうですわ」

「……そんな気分も三日と持たないだろう」

うっとりと頬を染めるティアナに、ヴァレッドは無感動にそう吐き捨てた。

「そういうものですか？」

「そういうものだ」

ヴァレッドはそう言いきり、目の前の光景を苦々しく見つめる。

その隣にいるティアナはまるで彼と正反対の顔をしていた。

「君もああいうのに憧れがあるのか？」

「ああいうの？」

「祝福される結婚式、というやつだ」

「私は……」

何か言いかけて、ティアナは口を噤んだ。

そして、ヴァレッドに向かって満面の笑みを向ける。

「私は、ヴァレッド様と結婚できてとっても幸せですわ！　修道女になりたくないわけではないですけれど、結婚は小さい頃からの夢でしたもの」

「……そうか」

答えとはほど遠い応えに、ヴァレッドは少しだけ視線を落とした。

予定している二人の結婚式は誓約書にサインをするためだけのものだ。

参列者は誰も呼んでいないし、神の前で愛を誓うわけでもない。

結婚式を教会で行うのだって、神父とレオポールが強く言うからそうするだけで、執務室の机上でサインしても良いのなら、ヴァレッドはきっと執務室を選んでいた。

二人の行う式は結婚式であって、結婚式ではない。

彼はそれを望んでいるし、ティアナもそれをわかっている。

ヴァレッドが何となく申し訳ない気分になっていると、ティアナはそんな彼の表情に気付くことなく、はっと顔を跳ね上げて眉を寄せた。

「どうしましょう、ヴァレッド様。私、大変なことに気付いてしまいましたわ！」

「どうかしたのか？」

「ヴァレッド様とレオポール様ってどちらがドレスを着るんでしょう？　もしかして、お二人とも新郎の衣装になるのですか？」

ヴァレッドはティアナのその言葉に大きな溜め息をつき、なんとか絞り出すように喉から音を出した。

「……君とはいつか本気で話し合わないといけないみたいだな」

「お二人のための恋愛大作戦ですか？　もちろん喜んで協力いたしますわ！」

「…………」

ヴァレッドは若干諦めた気持ちで、据わった目をティアナに向ける。

彼女はとても楽しそうに笑っていた。

◆◇◆

「……と、いうことがあった」

「ちょっとぉおぉぉおお！　何でそこで諦めるんですか‼　何も解決していませんよ⁉　私とヴァレッド様が恋仲ってどういう勘違いですか！　しかも、未来の奥方にそんな勘違いされて、貴方は悲しくならないんですか⁉」

「彼女の勘違いっぷりには、正直もう慣れた」

「嫌な慣れ方しやがって‼」

思わず昔のように乱暴な言葉遣いになったレオポールは頭を抱えてぶつぶつと何かを言い始める。

花祭りから帰ってきた翌日、ヴァレッドはいつものように執務室で政務に精を出しながら、レオポールに先日のティアナとのことを話していた。

最初は微笑ましく聞いていたレオポールも、話に自分のことが絡み出した辺りで盛大に顔をしかめはじめた。

ヴァレッドは女が嫌いだが、レオポールは別段女が嫌いということはない。多くの男性と同じような感性を持っているし、男色というわけでもない。恋愛対象は女性だ。

「お願いですから、ヴァレッド様、もう一度否定してきてください！　こんな勘違いされたまま過ごすのは拷問です！」

「否定はしたんだがな。すごいぞ、あれは。頭の中を一度調べてみたいぐらいだ」

「何言っているんですか⁉　『俺は男を好きなわけじゃない！』と一言言えばいいだけじゃないですか！」

レオポールが机に乗り出しながらそう言えば、ヴァレッドはそんな彼を鬱陶しそうに書類で払う。

「それは何度も言った。『隠さなくても大丈夫です。私、衆道には理解があります』と言われるぞ。一度お前も試してこい」

「馬鹿な！　なら、『レオポールとは恋仲でも何でもない！』と言ってきてくださいよ！」

ヴァレッドに詰め寄るレオポールの目じりには、うっすらと涙が浮かんでいる。

「知っているか？　さっきの言葉は魔法の言葉なんだ。何を言っても大体アレで返される。ティアナの中で俺達は男色家で、それを必死に隠しているという設定らしい」

「最悪だ……」

それならレオポールが直談判に行っても結果は一緒だろう。

レオポールが頭を壁に打ち付けそうになる衝動を何とか堪《こら》えていると、ヴァレッドは一束の書類を彼の鼻先に突きつけた。

「何ですかこれ？」

「結婚式の予定を先延ばしにしたい。先延ばしと言っても、一週間程度だが……」

「はぁ⁉　この期に及んで結婚したくないと言うのですか？　しかも一週間延ばすだけ⁉　悪足掻《わるあが》きも大概にしてください！」

先ほどの鬱憤《うっぷん》も込めてレオポールはそう怒鳴る。

「違う。そういう訳じゃない」

「何が違うんですか？　も……」

レオポールは胡乱気にその書類を手に取るとぱらぱらと目を通し始めた。

ヴァレッドらしい神経質で緻密な文字が並ぶその書類を見終わると、レオポールは目を見開いて固まった。

たっぷり一分は固まっただろうか。彼は書類から顔を上げ、ヴァレッドの鼓膜が破れそうな大声を出した。

「ね、熱でもあるんですか⁉」

「うるさい。俺は健康体だ」

片耳を押さえながらヴァレッドはレオポールから視線を逸らす。

「じゃぁ、何ですかこの見直し案⁉　これじゃあ、まるで……」

「この結婚に利があるのは今のところ俺だけだ。俺は国王からの見合いを断りたいし、外交上邪魔になる噂も消しておきたい。だが、ティアナは別に俺でなくてももらってくれるところは沢山あるだろう？　これは、……まぁ、埋め合わせという奴だ。アイツはこういうのに憧れがあるみたいだからな」

「…………」

「どうせ結婚したら仮面夫婦になるだけだ。それなら最初の体裁ぐらいは整えた方がいいだろう？」

レオポールは信じられない面持ちで己の主人を見つめていた。
その手に『結婚式の見直し案』という書類を握りしめたまま……。

第三章　ヴァレッドの過去

ティアナは自室のカーテンレールに取り付けたオーナメントをうっとりと眺めていた。

窓からの光を鮮やかに通し、更に風が吹くと共に揺らめくそれは、いくら眺めていても飽きない。

ティアナはその光の向こうに先日の思い出を蘇らせていた。

「……ヴァレッド様とのお出かけ、本当に楽しかったですわ。夢のようでした」

「ティアナ様はローゼ様のせいで、あまりお外に出られませんでしたからね。楽しかったようで何よりですわ」

本当に嬉しそうにそう答えるのは、後ろに控えている侍女のカロルだ。その手には、先ほどティアナからもらったお土産が握りしめられている。

ティアナはカロルの言葉に少しだけ困ったよう顔をした。

「あら、ローゼのせいではないわよ。お父様とお母様が私を心配してくださっただけですわ」

「いいえ。誰がなんと言おうと、アレはローゼ様のせいです。あの方がもう少し大人しくしてくださっていたら、ティアナ様があんな軟禁じみた扱いにならなくても済んだのです！」

喜色満面から一変して鬼面に転じたカロルに、ティアナは思わず苦笑を漏らす。

ティアナは故郷で屋敷からあまり出たことがなかった。

それこそ社交場にも数えるほどしか行ったことがないし、地元の祭りもただ窓から眺めるだけで、実際に行ったのは幼い頃に数度だけだ。

それは彼女の両親が彼女の身を案じ、外に出るのを極端に禁止していたからだった。

『ローゼのようにはなってはだめよ？　貴女は真面目に生きてちょうだい』

それが母の口癖だった。

妹のローゼが初めて朝帰りしたのは、もう何年も前の話。その時の彼女は十に少し数を足しただけの年齢だった。

その日は男性と一夜を共にしたわけではなかったようだが、当然、両親はローゼをキツく叱りあげた。

ティアナならばその時点で深く反省するのだが、ローゼは違った。

その両親の言葉に彼女はものすごく反発したのだ。

元々、一度言い出したら聞かない子ではあったし、何をするにも活発な子ではあった。でもまさか、それで朝帰りが定着するような生活になるとは、この時夢にも思わなかったのだ。

それから何度叱りあげてもローゼの悪癖が直ることはなく、むしろ年々悪化していって、今に至るというわけなのだが……。

当時、ローゼが朝帰りする原因として、両親は社交場がいけないのではないかと考えた。悪い男性や悪い友人に刺激を受けすぎたのではないかと思ったのだ。

だから両親はティアナを守りたい一心で、彼女を屋敷に縛り付けた。

一人での外出は以ての外。社交場にも必要最低限しか連れて行かない。

友人と遊ぶ時も屋敷内で遊ぶようにと厳命されていたし、街のお祭りなどにも両親が暇な時でないと連れて行ってもらえなかった。

もちろん国王から領地を任されている彼女たちの両親に暇な時がそうそうあるわけはなく、ティアナは祭りの時期になると庭に植えてある一番高い木に登っては、そこから街の賑わいを眺めていた。

「ティアナ様はもともと前向きでしたが、あの時期から前向きさ加減がさらにひどくなったように思います！」

「そうかしら？　でも、物事をいい方向に考えられるなら、それに越したことはないでしょう？」

「ですが！」

「それに、くよくよしていても仕方ないわ！」

外出禁止を命じられた時、確かにティアナは悲しかった。

祭りの喧騒《けんそう》は、まるで自分がその楽しみからのけ者にされているようで、聞いていて辛かったし、屋敷の中でしか会えないためか、友人も減った。

自由に屋敷を抜け出し、遊びに行くローゼが心底うらやましくて、友人と去っていくその後ろ姿を、何度追いかけようとしたかもわからない。

しかし、その度に悲しむ両親の顔がちらついて、ティアナはその感情を自分の中に押し込めるしかなかったのだ。

心がそういう嫌な感情で埋め尽くされそうなとき、ティアナは祖母の言葉を思い出していた。

『後ろを向くより、前を向きなさい。前を向いて、顔を上げれば、これから歩く道が見える』

その言葉を思い出せば、世界は変わるのだ。

のけ者にされたかのような祭りの喧騒は、ティアナの想像力を掻き立てる材料になり、次の楽しみへとつながる糧となる。

友人は減ったのではなく、会えないだけ。ティアナはその会えない時間を、次に彼女と会ったら何を話すか考えることに使った。

最初は意識して前向きになろうとしていたティアナだが、このぐらいの時期から意識しなくても前向きの考え方ができるようになっていった。

カロルはティアナのその様子に、足を踏み鳴らす。

「それはそうですが……。それでも、私はローゼ様のことを許すことは出来ません！」

「カロル、私のために怒ってくれてありがとう。でも、あまりローゼを悪く言わないでちょうだい。あの子はとっても家族想いで良い子なのよ？　それにね、そのおかげでヴァレッド様とのお出かけが数倍楽しく思えたの！　ふふふ、今思い出しても胸が弾むようだわ！」

ティアナの無邪気な微笑みに毒気を抜かれたカロルはふっと肩の力を抜いた。

「まったく、貴女様は……」

「もしかしたらお父様もお母様もこのことがわかってらっしゃったのかも！　二人ともすごいわ！

敵わない！」

今にも軽快なステップを踏みそうなティアナに、カロルは眉尻を下げ、困ったような笑みを浮かべる。

「ヴァレッド様が、また連れて行ってくださると良いですね」

「そうねっ！　次は来年かしら？　あぁ、今から楽しみだわ！」

「花祭りは一ヶ月以上続く祭りですし、秋には同じような規模の収穫祭もあるようですから、一年も待たなくていいと思いますよ？　何なら来週にでも、またお誘いしてみたらいかがですか？」

「そうね！　あっ！」

ティアナはその瞬間に顔を跳ね上げて、両手を胸の前に交差させた。

「ダメよ、ダメ！　それはいけないわ！　私は応援すると決めたのですから！」

「何の話ですか？」

「ヴァレッド様はレ……、好きな方がおられるようなの！　だから、私がお誘いしたらダメなのよ！」

ティアナの言葉にカロルは思わず固まった。

「は？　それは……本当ですか？」

「ええ、花祭りの日に聞きましたわ！　私はお二人を応援すると決めましたの！」

カロルの額に青筋が立つ。それもそうだ。これから結婚しようという主人が、その結婚相手に堂々と浮気されそうになっているのだから。

愛人を作る者が多い貴族社会でも、『愛人を作る』と堂々と言ってのける夫や妻は珍しい。皆、それなりに相手に申し訳ないと思って隠れて作るものだ。

なのに、ヴァレッドはティアナに堂々とその旨を宣言したという。

しかも、お人好しの彼女はそれを応援すると宣《のたま》っている。

これに腹を立てないわけがない。

「すごく個人的な情報でしたし、ヴァレッド様にも侵されたくない領域というものがあるだろうと思って黙っていましたが、……限界です」

「ティアナ様をどれだけコケにすれば気が済むんだ、あの男……」

「カロル、怖い顔をしてどうしたの？」

「へ？　苔？」

ティアナの天然ボケを無視してカロルは大きく息を吸い、決意を込めた目を彼女に向けた。

「……ティアナ様、ヴァレッド様がどうして女嫌いになったか知りたくありませんか？」

「へ？」

その言葉にティアナはこてんと首を傾げた。

「ヴァレッド様は妾の子だそうです」

「妾……」

きっぱりとそう言ったカロルにティアナは目を瞬かせた。

驚いた様子のティアナを置いて、カロルはどんどん話を進めていく。

「先代のドミニエル公と奥方様は大変仲のいいご夫婦だったそうなのですが、お二人の間には子が成らなかったそうで、ドミニエル公は仕方なく妾を作ることにしたそうです。そして、めでたくヴァレッド様がお生まれになった」

「じゃぁ、もしかして、ヴァレッド様は奥方様からいじめを?」

ティアナは怖々とそう聞いた。

妾の子をいじめるというのはわりとよく聞く話だ。自分が子を成せなかった苛立ちを何の罪もない子供にぶつけてしまう。

それを初めて聞いた時は、そんな世界もあるのかと、どこか他人事のように捉えていたが、ヴァレッドもそうだったのではないかと思うだけで、今は胸が締め付けられそうな思いがこみあげてくる。

青い顔になってしまった主人にカロルはゆっくりと首を振った。

「奥方様からのいじめが全くなかったとは思いませんが、問題はヴァレッド様の母親のほうだったようですわ。彼の母親はお生まれになったヴァレッド様を人質に取り、ドミニエル公に金品を要求したそうです。それも、とてつもなく多額の……」

カロルの言葉に、ティアナは自身の口元を隠すようにして絶句した。

「金品は毎月要求され、それをのんだその日だけヴァレッド様とドミニエル公は会うことが出来たそうです。当時はこの城の隣に屋敷が建っており、そこでヴァレッド様とお母様は生活されていたようなのですが、お母様は傭兵崩れを自ら雇い、ヴァレッド様とドミニエル公を無理矢理分断していたそうですわ。母親が病で亡くなるまで金品の要求は続き、亡くなった後、正式にヴァレッド様は跡継ぎとしてドミニエル公と一緒に住み始めたそうです。その時にはもうすでに、ヴァレッド様は立派な女嫌いになられていたそうですわ」

「ヴァレッド様……」

その時の彼の気持ちを考えて、ティアナはしょんぼりと肩を落とした。

母親と過ごしていた期間、彼がどのように扱われていたかを知る術《すべ》はない。

しかし、彼があんなにも女性を拒絶するようになった原因がそこにあるとするなら、決して普通の母と子のような関係ではなかったのだろうということは容易に想像ができた。

ティアナは好きだと言えば同じ言葉を返してもらえて、腕を広げれば抱きしめてくれる家庭で育った。甘えた声で名を呼べば頭を撫でてもらえて、一生懸命頑張れば褒めてもらえる家庭だ。

父親も母親もそれなりに厳しいところもあったが、その根底にはやはり確かな愛情を感じることが出来た。

けれど、ヴァレッドは幼いころにそういう愛情を実の母親から受け取れなかった。

それを思うだけで、組んだ両手が白むぐらい力が入る。

ティアナはなぜか猛烈に、ヴァレッドを抱きしめたくなった。

締め付けられるようなその胸の痛みに、彼女は息を吐く。

「……女はやはり噂話が好きらしいな」

その時、聞き覚えのある声が扉の方から鋭く突き刺さってきた。

ティアナがその声に顔を跳ね上げると、開いた扉のその向こうにヴァレッドが立っている。

その瞳には侮蔑の色がうっすらと滲んでいた。

「噂話ですか？　城の者は皆知ってらっしゃったようですし、未来の奥方であるティアナ様が知っていても問題ない話だと思いますが？」

カロルはそう言いながら、ティアナを守るようにしてヴァレッドの前に立ちはだかる。

ヴァレッドはそんなカロルを少し睨んでから声色を低くした。

「そうだな、皆が知っている話だ。君達が知っていても何ら問題はない。問題があるのは君たちの倫理道徳の方だ。本人の居ないところで陰口を叩くなと幼い頃に教わらなかったか？」

「陰口だなんて！」

ティアナは思わず声を跳ね上げた。

そんなつもりはなかったのだと言い募ろうとしたのだが、ティアナのその甲高い声にヴァレッドは眉間の皺を深くする。片耳を押さえ、ティアナの声を遮るようにそっぽを向いた。

「やめてくれ。俺はそういう声が嫌いなんだ。規則書にも書いてあっただろう？」

『その三、必要以上に声を荒らげないこと、いかなる時も冷静であること』

そう規則書に書いてあったことをティアナは思いだし、慌てて口を両手で覆った。

その至極真面目な仕草に、ヴァレッドも顔の筋肉の緊張を解く。

「ティアナ、今後、俺のことで何か聞きたいことがあるなら人づてでなく、直接聞きに来い。先ほどのは、……いい気分ではなかった」

声を発しないままティアナが頷けば、ヴァレッドは手の中にある書類をカロルに押しつけた。

それが本来の目的だったのだろう。

カロルはその書類を受け取ると、その内容に目を丸くした。

「これは……」

「今日はそれを渡しに来た。何か他に要望があるようなら数日中に文面にして寄越してくれ」

「なんで、ですか？」

「俺が持ってきた理由か？　レオが『天変地異の前触れだ！』と騒ぎ出してな。とてもアイツに頼めるような状況じゃなかったからだ」

「そっちじゃ……」

「此方《こちら》の用件はそれだけだ。失礼した」

カロルの言葉を最後まで聞くことなく、ヴァレッドは踵を返して、足早に部屋から出ていった。

◆◇◆

「……何故ついてくるんだ？」

「…………」

「おい、答えろ」

「…………」

「ティアナ！」

ヴァレッドは城の廊下で、焦れたように後ろを振り返った。

そして、その後ろにいる彼女を見下ろして、盛大な溜息をつく。

「しゃべるなとは言ってない。ヒステリックに声を荒らげないでほしいだけだ」

未だに口元を塞いでいる彼女の両手をヴァレッドが優しく取り外す。

枷を取ってもらったティアナは、取れた瞬間に大きく息を吐いてヴァレッドを見上げた。その瞳は申し訳なさそうに揺らめいている。

「あの、ヴァレッド様、先ほどはすみませんでした。私、ヴァレッド様を傷つけるつもりはなくて……」

「わかっている。あの侍女とたまたま俺の話をしていた時に、そんな話になっただけなのだろう？気分を害したのは確かだが、俺もいきなり怒ってしまって悪かった」

困ったようにそう言われて、ティアナは申し訳ない気持ちでいっぱいになった。

望んで話をしてもらったわけではないが、それでも話を止めなかったのは自分の責任だ。『女嫌いになった理由』なんて、ヴァレッドにとっては聞かれたくないことばかりの話に決まっている。

本来ならば聞くべきじゃなかったのだ。そして、もし聞きたいならヴァレッドも言っていたように、本人から直接聞くべきなのだ。

ティアナは心の奥底でこれでもかと反省をした。

「そんなっ、謝らないでください！　言いたくもない過去のことを蒸し返したのは私ですわ！」

「いつか知れることだ。別に秘密にしておきたい訳でもなかったしな」

「それでも、……すみません」

地面につきそうなほどティアナが頭を下げると、ヴァレッドは少しだけ柔和な表情になり、唇の端を引き上げた。

「わざとじゃないのなら咎めはしない。第一、君にそんな器用なことが出来るとは思っていないしな」

「あ、あの、私、刺繍は得意で……。どちらかと言えば器用だと今まで言われてきたのですが……」

ティアナの思わぬ返しに、ヴァレッドは思わず噴き出してしまう。

口元に笑みを覗かせたまま、まるで子供をあやすかのようにヴァレッドは目の前の彼女の頭を優しく撫でた。

「そっちの『器用』ではない。まったく君は、本当に馬鹿だな」

「え？」

「あぁ、違うぞ。これは記憶能力や勉強能力に対して言っている『馬鹿』では無いからな！」

人差し指を立てながらヴァレッドがそう言えば、ティアナは不思議そうに数度目を瞬かせる。

「はい、わかっていますよ？」

「…………」

「あのー、ヴァレッド様？」

不安げに見上げてくるティアナにヴァレッドは頭を搔いた。

「……まったく、君と話していると調子が狂う」

「ヴァレッド様！　お体の調子が悪いのですか⁉」

またも起こった勘違いに、ヴァレッドは呆れた瞳をティアナに向けるが、一方の彼女はそれに全く気付かない。

わたわたと慌て出すティアナは本当に小動物のようだ。

「リスか、モルモットあたりか……」

彼が零した呟きに、ティアナの顔はますます青くなった。

ティアナはヴァレッドの額や頬をぺたぺた触りながら、彼の体調を確かめる。

女嫌いであるはずのヴァレッドは、何故かなされるがままになっていた。

「ね、寝言ですか⁉　ヴァレッド様！　お気を確かに！」

「もう、だいぶ慣れたかと思っていたんだがな。これは凄い……」

「お熱ですのね？　凄い熱が⁉　そんなものに慣れてはいけません！　ヴァレッド様、お部屋で休みましょう？」

ヴァレッドの腕をぐいぐいと引っ張っていくティアナからは、先ほどまでのしおらしさは一つも感じられない。

それが何故か無性におかしくて、ヴァレッドはティアナに腕を引かれたまま、笑いをかみ殺していた。

◆◇◆

ヴァレッドの私室は白い壁紙に高級そうな赤いカーテンがよく映える一室だった。

家具は黒檀《こくたん》で統一されており、重厚な雰囲気をその場に醸し出している。

ヴァレッドはそんな私室の奥にある広い寝台に半ば無理矢理寝かしつけられていた。

その顔は不機嫌と言うより、どこか恥ずかしさを押し殺しているような表情で、寄せられた眉からは想像もできないほどに耳を真っ赤にさせていた。

そんなヴァレッドを寝台に押し込んでいるのは、もちろんティアナである。

「俺は健康だと、何度言ったらわかるんだ！」

「心配してくださっているのは嬉しいですが、私は大丈夫です！　用事は他にありませんし、私はあまり病気にかからない質《たち》なのですわ！　そんなことよりヴァレッド様はご自身の心配をしてください！」

返ってきた頓珍漢《とんちんかん》な答えにヴァレッドは更に眉間の皺を深くする。

「俺は君の心配をしているわけではないし、本当に大丈夫なんだ！　もしかして君が病気にかからないのは『馬鹿は風邪をひかない』ってやつじゃないのか!?」

「あら、私だって夏頃には風邪をひきますわ。暑いのは苦手ですの」

「『夏風邪は馬鹿がひく』の方か！」

「とにかく、ヴァレッド様はここでお体を休めてください！」

いつになく強引なその様に、ヴァレッドは仕方なく体を寝台に横たえた。

ティアナはヴァレッドのその様子に満足げに頷いて、くるりと身を翻《ひるがえ》す。

「では、失礼しますわ」

「なっ……」

「どうかいたしましたか？」

「……いや」

あまりにもあっけなく身を引いた未来の妻の姿に、ヴァレッドは眉を寄せたまま恥ずかしそうに視線を逸らした。

ヴァレッドは別段ティアナにこの場に残ってほしいと思ったわけではない。

しかし、彼は何故か、彼女がここに残って甲斐甲斐しく自分の世話をはじめるのではないかと、そう思いこんでいたのだ。

そして、その予想が外れたことが猛烈な恥ずかしさとなって自身に降りかかったのである。

「ヴァレッド様、失礼しました」

「あぁ」

きまりが悪そうにそう一言だけ返して、ヴァレッドはティアナの後ろ姿を見送った。

彼女の背中が扉の奥に消えてから、ヴァレッドは寝台の端に起きあがり、その場で頭をかきむしる。

「何、振り回されているんだ……」

そう一言吐くと体の力がふっと抜けた。もう一度、仰向けの状態で寝台に体を横たえると、ゆっくりと眠気が這い上がってくる。

頭の片隅で今日の仕事量と明日の仕事量を計算して、今日はもう休んでしまおうと決定したところで瞼がゆっくりと降りてきた。

微睡《まどろ》んできた意識の奥で不意に蘇ってきたのは、もうあまり顔も思い出せない母親の姿だった。

◆◇◆

母と子だけが住むには広すぎる屋敷の中で、その子供は部屋の隅に縮こまるようにして膝を抱えていた。食事は満足に与えられていたし、衣服だって溢れるほど与えられていたが、その子供が持っているものはそれだけだった。

その子の母は彼をいないもの、もしくは、小間使いとして扱うだけで、母親としての愛情を注ぐことなく、毎夜男を連れ込んでは彼らが寝るはずだった寝台で事に及んでいた。

母のあられもない声を耳を塞いで耐え抜く。そんな夜はもうすでに日常と化していた。

その母親は着飾るのが好きな女性だった。

クローゼットの中には高価なドレスが溢れていたし、化粧品だって化粧台に乗り切らないぐらいには所有していた。

一度着たドレスに二度と袖は通さなかったし、宝石だってありったけ買い込んでは掃き捨てるように部屋の隅に転がしていた。

それを拾って元の位置に仕舞うのは毎回その子供の役割で、一つでもなくなると母親は激高してその子供を殴った。

自分の子供だというのに、まるで親の敵《かたき》を見るような目でその母親はその子を見る。

そんなことも日常茶飯事だった。

ある夜、その子供は高熱に見舞われた。

朦朧《もうろう》とする意識の中で、彼は唯一の肉親である母親に助けを求めた。

彼女は自分をないがしろにはするが、決して命を奪おうとはしない。彼女にとって自分の命は価値がある。

子供ながらにそう気付いていたから、その子は母親に助けを求めた。

もうすでに、そこには母と子としての絆は無かったが、それでもその子供は母親が自分を助けると信じて疑わなかったのだ。

『死ぬんじゃないわよ！　この役立たずがっ！』

そう言って投げつけられたのはいつも食べている麦のパンで、彼は絶望に打ちひしがれながらそのパンをかじり、這いつくばって水場に行き、喉を潤した。
二、三日そうしているうちにだんだんと熱は引いてきたが、代わりに胸の奥にはどす黒い靄《もや》が生まれた。
それはとてつもない嫌悪感だった。

「馬鹿な奴だ。女なんかに少しでも期待するからこんな目に遭う」

ヴァレッドは過去の映像を眺めながらそう言った。

目の前には嫌悪感に顔を歪める子供の頃の自分がいる。

思い起こせば、この時初めて女性に対して嫌悪感を持ったのだ。

「まぁ、別にあの頃だって、あの女が甲斐甲斐しく世話をしてくれるとも思っていなかったんだがな」

ヴァレッドは諦めたようにそう笑い、滑稽な子供の頃の姿を片腕でかき消した。

何度も何度も繰り返し見た夢はもうすり切れそうなぐらいで、曖昧な部分も多い。

けれど、あの高熱を出した時の絶望感は、いつまで経っても色褪せなかった。

子供の頃の自分が掻き消え、白い煙になって辺りを覆うと、その煙からいい匂いが香ってきた。

鼻腔を擽《くすぐ》るのは夢にしてはあまりにもリアルな食べ物の匂いだ。

かぼちゃのような野菜の甘い香りがする。

おかしいな、と思った時にはヴァレッドの意識は覚醒していて、緩やかに瞼を開けると鈴の鳴るような声が耳朶を打った。

「あら、お気づきになられましたか？　体調はどうです？　食欲はありますか？」

「は？　ティ、ティアナ!?」

視界の端に映った人物を思わず二度見してヴァレッドは固まった。その手にはお盆に載ったスープが揺らめいている。

ヴァレッドが慌てて起きあがると、彼女は嬉しそうに寝台の傍らに膝を突いた。スープはいつの間にかサイドテーブルの上に置いてある。

「お体の調子は？」

「……大丈夫だ」

「食欲はおありですか？」

「まぁ……」

「よかった！」

今にも跳ね上がるんじゃないかというぐらい喜んで、ティアナはそろそろとスープを差し出した。

「私が作ろうかとも思ったのですが、失敗してしまって……。これは料理長さんに作っていただきました。なので、味は保証つきですわ！　私も少し味見しましたけれど、とっても美味しかったです！」

「……状況が摑めないんだが、なんで君がここにいるんだ？」

スープを受け取りながら、ヴァレッドは訝しげにそう聞いた。

その言葉にティアナの顔色は一気に悪くなる。

「ヴァレッド様っ！　記憶が不確かなのですか!?　それほどまでに体調が……。すみません。私が気付かなかったばかりにっ！」

「いや、記憶は確かだ。君が変な勘違いを起こして俺を寝台に押し付けたことも、そのくせ、あっけなく出ていったこともちゃんと覚えている。俺が聞きたいのは何で出ていった君が今ここに居るのかだ。まさか俺の看病をするために戻ってきた訳じゃないだろう?」

『何が目的だ』と言外に言いながら、疑いの眼差しをティアナに向けると、彼女はきょとんとした表情で首を傾げた。

「そのまさかですが?」

「は?」

「私はヴァレッド様の看病をするためにここにいるのですが?」

◆◇◆

レオポールは廊下の柱に凭《もた》れながら、鳩尾《みぞおち》の辺りを押さえ、低く呻いた。

正直、ここ最近の心労によって、本気で胃がダメになりそうである。

元々レオポールの胃は強い質ではないが、ティアナがこの城に来てからの胃の痛み方は尋常じゃなかった。

暴走する主人を止め、よくわからないことを言い出した主人を諫め、失礼なことを言い出そうとする主人を制している現在の生活は、相当胃に負担をかけている。

先ほどは、何の気まぐれか主人が勝手に作った資料を元に、結婚式の見直しを各部署に伝えてきたばかりだ。

元々、簡素すぎる結婚式に大きくはないが不満を持っていた者は多く、結婚式の見直し案を皆喜んでくれているようだった。

『なんでヴァレッド様は結婚式を見直そうと思ったんですかね？』

行く部署全てで聞かれた問いにレオポールは溜息を吐いた。

そんなこと自分が一番知りたいです！

そう叫びそうになるのを、レオポールはすんでで呑み込んで、当たり障りのない答えを返しておいた。

外聞のためだとか、外交上必要になっただとか、適当なことを言い繕うのは昔からの得意技だ。

まともな結婚式を挙げると言い出した原因に、ティアナは確実に絡んでいる。皆そう思っているのに、誰一人としてヴァレッドがティアナのことを……なんて言い出さなかったのは、それ程までにヴァレッドが女性を嫌っていると知っているからだ。

彼にまともな想い人なんて出来るはずがない。ましてや結婚生活なんて長く続くわけがない。

それがこの城で働く者の共通認識であり、レオポールもその認識の元、今までヴァレッドに接してきたのだ。

しかし、それもティアナがこの城に来るまでの話。

「ヴァレッド様がティアナ様を？　まさかねぇ……」

もしかして……と思ったことは確かにあったが、それでも今までの彼を知っているレオポールからしたら、そんなことは天地がひっくり返っても起こりえないことのように思うのだ。

レオポールは再びキリキリと悲鳴を上げだした内臓を叱咤《しった》して、歩を進める。

目指す先はヴァレッドの私室だった。

ヴァレッド様が体調を崩したようだと、そう聞いたのは料理長の口からだ。

詳細は聞かなかったが、体調を崩したヴァレッドのためにスープを作りに来た女性がいたらしい。

結局は調理台をしっちゃかめっちゃかにして、スープなのか何なのかよくわからないものを作り上げたらしいのだが、それを見かねた料理長が代わりにスープを作ったそうだ。

「雇った侍女に料理の苦手な者などいましたかねぇ……」

ティアナのためにと新しく雇った侍女は三人。

カロルも合わせて四人の侍女が現在城で働いているのだが、その中に料理の苦手な者など居なかったように思う。

それに、ヴァレッドが女嫌いということを知っていて彼にスープを差し入れに行くような猛者も確か居なかった。

「残る線は、女顔の侍従ですかね。まさかのまさかで、ティアナ様本人がということも？　いやいや、それはあり得ませんねぇ」

基本的に伯爵以上の貴族の女性は台所に立つのを嫌がる。それは下につく者の仕事と捉えているからだ。

ティアナも元は伯爵令嬢。彼女がいくらお気楽、能天気、楽天家の女性であろうとも、その辺の価値観は他の令嬢とそう変わらないだろう。

そんなことを考えているうちにヴァレッドの部屋の前に到着したレオポールはノックをしようと

手を掲げた。

何にしても、体調不良ということなら状態は把握しておかないといけない。家令としてはもちろん主人のことは心配だ。しかし、それ以上に友人としてレオポールはヴァレッドのことを心配していた。

『……めろ！　……で……める！』

『いけ……わ！　…………まは、体調を……に考えて……い！』

『俺……ぶだとっ！　い…………なせっ！』

誰かと言い争うような声が聞こえて、レオポールは肺の空気を全て出し切るような溜息をついた。おそらく命知らずな侍女がヴァレッドの逆鱗にでも触れたのだろう。早く侍女を助け出さなければまた面倒な侍女の選考が待っている。

レオポールは自身の胃がまたキリリと痛むのを感じながら、目の前の扉を開けた。

「ヴァレッド様ー。失礼しますよ。体調はどう……」

その時、レオポールの胃は捻切《ねじき》れた。

「自分で飲めると何度言えばっ！」

「私の手を煩《わずら》わせると思って、そんな風に無理をしてくださるのは嬉しくありませんわ！　ヴァレッド様はご自分の体調をっ……」

「だから大丈夫だと言っているだろうが！　何度も言うが、俺は健康体だ！」

「ご無理をっ！」

「俺の言葉は君に届かない仕様になっているのか⁉」

「ヴァレッド様……ティアナ様……」

ヴァレッドはティアナと揉み合ううちに彼女の両手首を掴み、寝台に押しつけていた。そのティアナの手にはスプーンが握られているのだが、レオポールの目にはそれは見えていない。サイドテーブルに置いてあるスープにも気づいていない。

従って、レオポールの目にはヴァレッドが無理矢理ティアナを襲っているように見えたのだ。

目の前が真っ暗になったレオポールは顔を青黒くさせたまま、膝を折ることなく前のめりに倒れた。勢いを殺さぬまま床に頭を打ち付けたので、とんでもなく痛そうな音が辺りに響きわたる。

ティアナとヴァレッドはその音でようやくレオポールがこの部屋に来たことに気が付いたようだった。

「レオ⁉」

「レオポール様⁉」

ヴァレッドもティアナも慌ててレオポールに近づく。打ち付けた額は赤いが、顔色は青黒い。青なのか赤なのか黒なのかよくわからない顔色をレオポールは駆け寄ってきたティアナに向けた。その目尻には涙がたまっている。もちろん、原因は頭を打ち付けた痛みではない。

「ティアナ様、うちの大馬鹿主人が申し訳ありません！　ホント申し訳ありません！　もーホント、本当に申し訳……」

そのままレオポールは白目を剝いて意識を失ってしまった。

◆◇◆

「ははは、申し訳ありません。てっきりヴァレッド様がティアナ様を襲っているのだと……」

「そんな訳ないだろう！　俺はどちらかと言えば襲われた方だ。被害者だ！」

「まぁ、ずいぶんな言い方ですわね。ティアナ様は良かれと思ってヴァレッド様にいろいろなさっているのに！」

その夜、レオポールの部屋でヴァレッドとレオポールとカロルの三人は話し合いをしていた。レオポールはベッドに体を預けている状態で、カロルはその側で胃腸薬の準備をしている。

ヴァレッドはカロルに近づかないように距離を取りながら扉に凭れていた。

最初、ティアナは倒れたレオポールを看病すると言って聞かなかったのだが、騒ぎを聞きつけたカロルによってそれは止められた。

自分が看病をするからティアナ様は休んでくださいと、何度も子供に言い聞かせるようにそう言うと、彼女はようやく諦めた。

今は部屋で休んでいるはずである。

「じゃぁ聞くが、カロル、お前はティアナが暴走ぎみだと感じたことはないのか？」

「それとこれとは話が別ですわ！」

ヴァレッドにも慣れたのか、カロルは反抗的にそう言った。

その生意気な様子にヴァレッドの鼻筋は窪む。

「ちょっと、二人とも私の部屋で喧嘩始めないでくださいね」

「ヴァレッド様はお部屋に戻っていてください。レオポール様の看病は私がしますから」

厄介者を払うようにカロルがそう言えば、ヴァレッドは盛大に眉を寄せた。

「カロル、何を考えているんだ。まさかこの隙にレオに何かする気じゃあるまいな？」

「あぁ、そうなんですか？　私としては大歓迎ですが」

「そんなわけないでしょう！」

カロルがそう声を荒らげると、その一端を担ったレオポールがまぁまぁと彼女を制した。そしてそのまま感慨深げに言葉を吐いた。

「それにしても、ヴァレッド様の看病をティアナ様がねぇ……」

「全部ティアナの勘違いだ。俺は健康体だし、看病の必要はなかった」

「それでも自室に入れたことが奇跡ですよー」

今までヴァレッドは全くと言っていいほど女性を自室に入れたことがない。

かつて妻にとやってきた者たちにも、彼は自身の部屋への入室を許可しなかった。

「言っておくが、俺はティアナのことを信用しているわけじゃないぞ！　アイツだって女だ！　どこで手のひらを返してくるかわかったもんじゃない！」

「はいはい」

レオポールが呆れ顔でそう返すと、ヴァレッドはこれでもかと眉を寄せたが、それ以上は何も言わずにそっぽを向いただけだった。

「あぁ、そう言えば、ティアナ様からレオポール様にこちらを預かってきました」

「私に？」

「レオに？」

カロルがポケットから封筒に入った手紙を取り出すと、レオポールは目を瞬かせて、ヴァレッドは眉を寄せた。

レオポールはその手紙を受け取ると二人の前でそれを開いた。

ヴァレッドもカロルも興味津々といった感じでその手紙を覗き込む。

『レオポール様へ
この度はいらぬ心労をかけさせてしまい申し訳ありません。

レオポール様はきっと私とヴァレッド様の様子を見て何か勘違いされたかもしれませんが、私はレオポール様のこともヴァレッド様も裏切っておりません。ご安心ください。

私は愛し合うお二人の味方です。これからも健やかに愛を育んでください。

では、お二人の愛の行く末が光り輝かんことを祈りまして……。

ティアナ』

「え？　お二人って……。まさか、今日ティアナ様が言っていたヴァレッド様の愛人って……」

手紙を読み終えたカロルがひっくり返った声を出しながら二人を交互に見る。

「あ、愛人⁉　違うぞっ！　ティアナが勘違いしているだけだ！　俺は男色家ではない！」

「…………胃が……」

再び胃を押さえだしたレオポールの体が寝台に沈む。

それはもう死期を悟った男の顔だった。

「ヴァレッド様、後は頼みます……」

そのままレオポールは再び意識を手放した。

幕間

花祭りから数日――

ヴァレッドの姿はティアナの部屋にあった。

ティアナは円卓の上で厚い本を横目に何かを紙に書き込んでいる。

その隣でヴァレッドは彼女にその本の中身を説明していた。

そう、二人は約束していた勉強会の真っ最中なのである。

「つまり、ドミニエル領では生活に必要な物の税率と、娯楽の税率を分けて計算されているのですね。そうすることで生活に必要な物を安く領民に行き渡らせることが出来る。その反対で、娯楽に分類された方は手を出すのが難しくなっていますね。分けるのが難しいものもたくさんありますが、これはヴァレッド様が？」

「ほとんどは俺だが、専門の者を招いて考えたところもあるな。あまりにも税を徴収する側の一方的な意見ばかりだと、領民も反発するし、そこらへんは加減が難しいところだ」

ティアナの問いにヴァレッドは懇切丁寧に答えてくれる。

領地のことから、政務のことまで。ヴァレッドはティアナが疑問に思っていることは何だって教えてくれたし、丁寧に説明してくれた。

そんな優しさにティアナは胸が熱くなる。

勉学は元々嫌いではないし、新しいことを覚えるのはいつだってわくわくする。なんだって楽しんでしまうティアナだが、ヴァレッドとの勉強会はそれこそ胸が躍るようだった。

「……君は本当に物覚えがいいな。一種の特技だぞ、これは」

ティアナがドミニエル領の街の名前を暗唱できるようになったぐらいで、ヴァレッドはそんなふうに感嘆の声を上げた。

ティアナは羽ペンを置くと、嬉しそうに顔をほころばせる。

「褒めてくださって、ありがとうございます！　けれど、私が得意なのは暗記だけでして、それ以外は大体ローゼの方がよくできるんです！」

「ローゼ……君の妹か？」

「はい！　自慢の妹なんです！」

まるで自分のことのようにティアナは胸を張りながらそう自慢する。

結婚相手を寝取られても、どれだけ迷惑をかけられても、ティアナにとってローゼは自慢できる愛すべき妹だ。

「勉学もですが、ダンスや礼儀作法、楽器の演奏や声楽まで！　ローゼは何でも得意なんです！　その中で、私が唯一勝てるものが暗記と裁縫だけで……。本当にローゼはすごいんです！」

「ほぉ……」

ローゼの話になると、ヴァレッドは憎々し気に鼻筋を窪めた。

彼からしてみれば、ローゼは結婚を断ってきた相手だ。さらに言うなら、噂になっている彼女の性格はヴァレッドの癪《しゃく》に障るものばかりである。

女性に関しては『見たくない』『触りたくない』『近づきたくない』のヴァレッドだ。

当然、嫌いな女性の話など、好んでするわけがない。しかもそれが、嫌いなタイプの女性の話なら猶更だ。そんな表情の変化にティアナは気が付かない。

「そういえば、ヴァレッド様は最初ローゼと結婚するご予定だったのですよね？」

「そうだな。結局、子供ができたとかいって断られたがな」

「どうしてローゼだったのですか？」

ティアナが純粋な瞳で見上げると、ヴァレッドは目をすがめた。

そうして机に肘をつき、ふてくされたように唇を尖らせる。

「正直な話、もう、あの時は誰でもよかったんだ。冷静な判断ができていなかった」

何かを思い出したのだろう。ヴァレッドはイライラしたように机の上を指先で叩く。

「国王命令で数えきれないぐらいの見合い話を持ってこられていてな。辟易《へきえき》していた。それと、良くない噂ばかりが目立っていたからな。結婚して、それを払拭《ふっしょく》したかったのもある」

「よくない噂？」

「女が嫌いというだけで『奇人』『変人』と揶揄されることが多くてな。『偏屈男』や『稀代のひねくれ男』なんていうのもあったぞ」

よくない噂の数々を思い出して、ヴァレッドはまるで苦虫を噛み潰したような表情になった。

数多にあった噂の中でティアナが知っていたのは『女嫌い』と『男色』だけである。逆を言えば、社交の場にあまり出席しないティアナでさえも、その噂は知っていたということになる。

つまり、社交界に出ている一般の貴族のなかで、ヴァレッドの悪名はかなり轟いていたということだ。

「だから、まぁ、君が来てくれて助かった」

固くなっていた表情を緩めて、ヴァレッドはティアナを見ながらそう言った。

ティアナはヴァレッドのその言葉に頬を染めると、嬉しそうにはにかむ。

「ふふふ。すみません不甲斐ない姉の方が来てしまって」

「不甲斐なくはないだろう。君は自分にあまり自信がないんだな」

人のことは自信満々に褒めそやすくせに、ティアナは自らのことを誇らしげに話たりはしない。

卑屈になっているわけではないが、そこには遠慮のようなものが見え隠れしていた。

自信がないという彼の言葉に、ティアナは首を傾けた。

「自信がない、のでしょうか？　そんなつもりはないのですが……。あ、もしかしたら！　私の周りにいてくださる方が皆さん素晴らしい方ばかりだから、そう思ってしまうのかもしれません！　私って昔から人には恵まれていますの！　本当にありがたいことですわ！」

心底嬉しそうにティアナは笑う。

彼女の妹が彼女にとっての『素晴らしい方』に該当するのかは、はなはだ疑問だが、嬉しそうに笑う彼女に水を差すのも忍びなくて、ヴァレッドは「そうか」と曖昧に頷いた。

「ローゼもヴァレッド様と一緒で色々誤解されてしまう子なのですが、本当はとてもいい子なのですよ？　ヴァレッド様も実際に会えば、絶対に好きになると思いますわ！」

「君のそういうのは信用できない」

出会ったばかりの罵詈雑言をすべて良い方向へ解釈してしまうティアナだ。彼女の『いい子』というのは許容範囲が広すぎる。

ヴァレッドは短い付き合いの中で、ティアナの特性をそう理解していた。

「それに、……俺は今のところ君で満足している」

「まぁ！」

ティアナがヴァレッドの言葉に嬉しそうに反応する。

そして、彼女は彼の手を取り、満面の笑みを向けた。

「私も、ヴァレッド様と結婚できるのがとっても、とっても、嬉しいですわ！」

「……俺は別に、君と結婚できるのが『嬉しい』わけではないからな」

視線を逸らしながらヴァレッドはそう言う。

しかし、彼はティアナが摑んでいる手を振り払おうとはしなかった。よく見れば、耳も少し赤い。

「はい！　わかっています！　でも、私は嬉しいです！」

「う……」

その言葉にヴァレッドは思わず自らの心臓を摑んだ。

◆◇◆

(最近、妙に心臓が痛む)

勉強会の翌日、ヴァレッドは仕事の休憩にとやってきた厩《うまや》で、愛馬の手入れをしながら自らの胸元を見下ろした。

固いブラシで毛の手入れをされている黒毛の愛馬は気持ちよさそうに目を細めている。

ヴァレッドは馬の鼻を撫でると、考えを巡らせるように視線を落とした。

先日も、約束していたティアナとの勉強会でヴァレッドは強い胸の痛みに襲われた。

締め付けるような胸の痛みに、速くなる心拍数。

火照った頬はまるで熱があるようなのに、風邪のような諸症状はまったくといって現れない。

しかも、それはわずか数分で収まるのだ。

(やはり病気か？　だとしたら、何の……)

病気などにはあまりかかったことはないし、いつもは健康そのものなので、胸の痛みの原因は全くもって見当もつかない。

眉を顰《ひそ》めながら、ヴァレッドは馬を拭くための布を絞る。

そうして艶やかな黒毛を撫でるように拭きながら、肺の空気をすべて吐き出した。

そんな時。

「ヴァレッド様！　馬の手入れですか？」

妙に聞きなれた、弾けるような声が、ヴァレッドの耳朶を打った。――ティアナだ。

彼女は頬を桃色に染めながらヴァレッドの方に駆け寄ってくる。

その姿はまるで飼い主を見つけた忠犬のようだ。

彼女はヴァレッドの傍に寄るとその大きな瞳をキラキラと輝かせた。

「休憩中ですか？　手はそのままで構いませんから、お話をさせていただいても？」

「あ、あぁ……」

ティアナの圧力にヴァレッドは身を引きながら一つ頷く。

そして、頬がジワリと熱くなるのを感じた。

少しずつ速くなっていく鼓動を感じながら、ヴァレッドはティアナから視線を逸らした。

（まただ……）

すると、幾分か鼓動はゆっくりとしたペースになってくる。

ティアナはそんなヴァレッドの様子に気付くことなく、彼に身を寄せた。そして、ヴァレッドが手入れしている馬を見上げながら目を細める。

「素敵な馬ですね。これはヴァレッド様の馬ですか？」

「あぁ、仔馬のころから育てたやつでな。そこら辺の駿馬と呼ばれる馬よりよほど速い。いい馬だ」

「そうなのですね」

ティアナが馬の鼻先を撫でる。すると、彼の愛馬は嬉しそうに鼻を鳴らした。

そして、ティアナの手に鼻先をこすりつけてくる。

その仕草はまるで甘えているかのようだ。

そんな愛馬の様子に、ヴァレッドは目を見開いた。

「よかったな。嫌われてはいないみたいだぞ」

「あら。この馬は気難しいのですか？」

「まぁ、そうだな。コイツは嫌いな人間はとことん寄せ付けないんだ。傍にも寄らせてくれない。無理やり触ろうものなら、蹴られて怪我をするのがオチだ」

一見さんお断りというわけではないのだが、どうにも馬は人を選んでいるようだった。

そんな馬に認められたのが嬉しいのだろう。ティアナは嬉しそうに顔をほころばせ、馬に頬ずりをした。馬も嬉しそうに尻尾を振る。

「まぁ！　そうなのですね。でも、なんだかヴァレッド様の馬という感じがしますね。やはり、飼い主に似るものなのでしょうか？」

「どうだろうな……」

その言葉に、ヴァレッドはかつてその馬が蹴りそうになった人を思い浮かべていた。

気難しいといっても、城の者たちには慣れているし、その馬が寄せ付けないのは新しく訪ねてくる者ばかりだ。

（先日訪ねてきた女商人に、ティアナの前に城に来た伯爵家の娘。料理長の一人娘も嫌われていたな。……ん？）

嫌われてきた者たちを挙げ連ねて、ヴァレッドははたとあることに気が付いた。

よく考えてみたら馬が嫌っているのは女性ばかりである。

『やはり、飼い主に似るものなのでしょうか？』

耳の奥で蘇ってきたのは、ティアナのそんな言葉だった。

はっとして顔を上げると、彼の馬はティアナの腹部に鼻先を押し付けて、なんとも嬉しそうにじゃれついている。

そして、彼女の頬や鼻先に自らの頬を摺り寄せていた。

その仕草は愛情を全身で表現しているように見える。

自分に好みが似ている（らしい）愛馬の様子に、ヴァレッドは頬を赤らめ、狼狽《うろた》えた。

「ヴァレッド様、この馬の名前はあるのですか？」

「あ、あぁ……。一応、アントンと呼んでいる」

「ふふふ、アントン。嫌わないでくれてありがとう。私も大好きよ」

そう言いながらティアナはアントンの鼻先にキスを落とす。

するとアントンは一際嬉しそうに嘶《いなな》いた。

「なっ……」

自分と好みが似ている（らしい）愛馬が、ティアナにキスをされて喜んでいる姿を見て、ヴァレッドの頬はますます赤く染まる。

「違う……」

唸るように、呟くそうにそう言いながら、ヴァレッドはまたも痛み出した心臓を、服の上からぎゅっとつかんだ。

第四章　ティアナの隠しごと

太陽がにわかに夏の気配を纏わせはじめたように感じる午後、ティアナはいつものように薔薇園で刺繍をしていた。

もう定位置となった木陰からの景色はいつ見ても鮮やかだ。

少し前よりは幾分か数は減ってしまったが、それでも視界を彩る赤やピンクの鮮やかさは衰えていない。

昼食のサンドイッチが詰まったバスケットを傍らに置き、ティアナは黙々と刺繍をする。

二時間ほど集中して刺し続け、彼女はようやく顔を上げた。

「こんなものでしょうか」

ティアナは出来上がったハンカチを広げて眺める。

今日も良い出来だと満足げに頷けば、白いハンカチの奥に黒い影が見えた。

黒くて長い塊が薔薇園の奥に横たわっている。

長さはティアナの身長と同じか、少し短いぐらいだろう。

何度も瞬きを繰り返して、ティアナはその物体を凝視した。

そして立ち上がり、ゆっくりとそれに近づく。

「子供?」

それは黒い布を頭から被った男の子だった。

美しいはずの銀色の髪は所々泥がこびりついているし、頬だって少し痩《こ》けている。

着ている物は何日も洗っていないかのような饐《す》えた臭いがした。

ティアナはその子供に駆け寄ると、力一杯に体を揺さぶった。

意識だけでも取り戻させないとまずいと思ったからだ。

「あ、あのっ！　大丈夫ですか!?　起きてください！　今、誰か人を呼んでっ……」

「まって……」

まだ声変わりのしていない声で、その少年はティアナを呼び止めた。ついでに腕も捕らわれている。

少年の濃い灰色の瞳がティアナを映して小さく揺れた。

◆◇◆

「おかしい」

「……ヴァレッド様、変なこと仰ってないで仕事してください」

「レオ、おかしいと思わないか?」

「あぁ、もぉ、また胃が痛くなってきた……」

結婚式まで後二週間と迫ったある日、ヴァレッドは執務室で書類にサインをしながら低くそう声を漏らした。

眉間には深い皺が刻まれていて、不機嫌そうなオーラを纏わせている。

その様子にレオポールが青い顔をして胃を押さえるが、それには目もくれず、ヴァレッドはとうとうサインを書いていた手を止めて何か考え事をし始めた。

「今度は何ですか？」

レオポールも負けじと不機嫌さを滲ませた声でヴァレッドを威嚇《いかく》するが、そんなことで怯むような彼ではなかった。

「最近、ティアナを見かけないんだが……」

「は？　朝食の時は居られたじゃないですか。見えていなかったんですか？　頭だけでは飽きたらず、とうとう目まで悪くなって……」

「……お前は、最近辛辣《しんらつ》だな」

「思っていることを言ったまでですよ。まだ敬語を使っているだけましだと思ってください」

「敬語は使わなくても良いと言っているだろう？」

「一応、貴方は私の主人ですから、こればかりはご容赦ください。で、ティアナ様を見かけないってどういうことですか？」

話の方向修正をしたレオポールに、ヴァレッドはレオポールの背後にある窓を指さしてみせた。

窓の外には緑色のアーチと椅子の並んだ小さなドーム、緩やかにカーブした道に沿った形で腰の高さほどの緑が植えられていた。その緑は多くないながらも赤い花を咲かせている。

二階の執務室にいるヴァレッドからは手に取るように見渡せた。

「あぁ、薔薇園がどうかしましたか？」

「ティアナがいない」

「は？」

「いつもこの時刻は、大体あの辺で刺繍をしているはずなんだが、ここ三日間、俺はアイツを見ていない」

「『いつも』⁉　貴方、毎日何しているんですか⁉　それ、完全にストーカーってやつですよ⁉」

レオポールが悲鳴じみた声を上げる。

ヴァレッドは領主だ。彼の執務はもちろん少なくはない。

むしろ領地が多い分、それを管理するヴァレッドは多忙と言っても過言ではなかった。

当然、それを補佐するレオポールも毎日かなり忙しい。

各地に手足となる人間を置いてはいるが、城があるこの地域はヴァレッドの持ち回りだし、各地で起こった重要事項の可否はやはりヴァレッドが決めなくてはならないからだ。

そんな多忙な仕事の合間を縫ってヴァレッドは婚約者のストーカーをしていたのだ。

レオポールは開いた口が塞がらないというように、口に手を当て、目を見開いていた。

そんな彼をヴァレッドは鋭く睨みつける。

「ストーカーではない、監視だ。ティアナもなんだかんだ言って、女だからな。変な真似をしないかどうか見張っていただけだ」

「言い訳っぽいー‼　凄く言い訳っぽいですよ⁉　大体、そうにしたって毎日はやりすぎでしょう⁉」

「毎日と言っても、ちらっと見るだけだ。別に大したことをしているわけじゃない」

「でも、時刻まで把握していましたよね？　一日に何回チェックしているんですか⁉　ティアナ様だって、ちょっと気分じゃないとか、体調が悪いとかそういうこともありますよ！」

「別段、今朝は体調が悪そうには見えなかったぞ。でもまぁ、無理をしているのかもしれないな」

「ヴァレッド様⁉」

そう言いながら立ち上がったヴァレッドに、レオポールは喉をひっかいたような叫び声を上げた。

机の上には山のように積まれた書類がある。

それを放ってどこに行くのかと非難の声をあげれば、ヴァレッドはさも当然と言わんばかりに、レオポールにこう言い放った。

「ティアナの様子を見に行ってくる」

「ヴァレッド様が、とうとうおかしくなった……」

その呟きはヴァレッドが閉めた扉の音によって、見事に掻き消えた。

◆◇◆

執務室からそんなに遠くない場所にティアナの私室はある。

中庭を取り囲むように建っている屋敷の二階の角部屋が彼女の部屋だ。

二階の階段を上った正面に執務室があるので、一度廊下を曲がればすぐそこに部屋は見えてくる。

ちなみに、その反対側の二階の角部屋がヴァレッドの私室である。

本来ならば隣り合わせであるはずの夫婦の私室がこうも遠いのは、偏《ひとえ》にヴァレッドの強い要望からだった。

ヴァレッドはその扉の前に立ち、一度も躊躇《ちゅうちょ》することなくその扉をノックした。

しばらく待っても返事がないので、そっとその扉を開ける。

顔だけで覗き込みぐるりとあたりを見渡すが、ティアナも、傍に仕えているはずのカロルの姿もどこにも見あたらなかった。

「居ないのか」

ならばしょうがないと扉を閉めようとしたその時、部屋の隅に置いてある大きな箱に目がいった。

一人で持つのがやっとというその大きな木箱には大量の麻布と刺繍糸、それと、刺繍をするための丸い木枠が二十個ほど。

いかに彼女が刺繍好きだろうと、この量を使い切るには相当の時間が必要だろう。

そもそも、刺繍用の丸い木枠なんて、こんなにはいらないはずである。

そして、その隣の机には請求書らしき紙が一枚置いてあった。

ヴァレッドは部屋の中に入り、机上の請求書を手に取る。

それは五十以上のパンと、大量の干し肉の請求書だった。

金額もそれ相応にお高いものとなっている。

「ティアナに浪費癖が……？」

そんな考えが一瞬頭をもたげたが、それはないだろうとヴァレッドは頭を振った。

宝石やドレスの類ならそうなのかもしれないが、彼女が買っているのは刺繍をするための道具に、大量のパンと干し肉だけだ。

パンに至っては保存が利くような堅い物である。

「何にせよ、何か隠し事をしているようだな」

ヴァレッドは不機嫌そうにそう唸った。

しかし、その瞳には非難の色は見て取れない。

どちらかと言えば、寂しそうな色を湛《たた》えるその瞳を滑らせて部屋の中を見渡せば、出会った初日に渡した規則書が机の上に置かれていた。

「隠し事も禁止にすれば良かったな」

綺麗に揃えられているそれをぱらぱらと捲《めく》りながら、ヴァレッドは一人そう呟くのであった。

◆◇◆

ヴァレッドがティアナの隠し事の痕跡を見つけた翌日の昼過ぎ、彼は廊下の角で身を潜ませていた。

視線の先にあるのはティアナの部屋で、ヴァレッドはその部屋の扉を食い入るように睨みつけている。

「で？　なんで私まで付き合う羽目になるんですか？」

「今日の分の執務は終わらせただろう？　何か問題があるのか？」

「私のプライベートな時間がなくなりました。というか大体、あの速度で仕事を終わらせることができるなら普段からそうなさってください。貴方はやればできる人なんですから」

ヴァレッドの隣にいるレオポールは腹の底から息を吐き出して、諦めたように頭を振った。

ヴァレッドはそんな様子のレオポールに一度も目をくれることなく、じっと部屋の扉が開くのを待つ。

「ストーカー行為、そんなに面白いですか？」

「ストーカーではない！　監視だと何度言えばいいんだ！　ティアナが何か良からぬことを考えているかもしれないだろう？　俺はそれを未然に防ぐ義務がある！」

「そんなこと思ってもいないくせに……。それに、理由はどうあれ、貴方のやっていることはストーカー行為そのものですよ。まぁ、隠し事をされると暴きたくなるっていうのはわからなくもないですが」

ストーカー行為だと断じられたヴァレッドは眉を寄せて苦々しい表情になるが、目線はティアナの部屋に固定されたまま、ぴくりとも動かない。

そんなヴァレッドにレオポールは呆れたような、諦めたような視線を向けて、また大きな溜息を一つ吐いた。

「ヴァレッド様、以前からお聞きしたかったのですが、今良いですか？」

「何だ？」

「貴方はティアナ様のことがお好きなんですか？」

その言葉にヴァレッドは固まる。

そして、たっぷり三十秒は固まったかと思うと「……は？」と間抜けな声を出した。

「いや、だから、貴方はティアナ様のことが……」

「……レオ、頭がおかしくなったのか？」

「ソレ、貴方には絶対言われたくない言葉ですよ」

ティアナの部屋から視線を逸らしたヴァレッドの瞳は驚愕に見開かれている。

「少々変わってはいるが、ティアナも女だぞ。俺がどれぐらい女嫌いかなんて、お前が一番よく知っているはずだろう？」

「私も少し前まではあり得ないって思っていたんですがね。最近の貴方を見ていると、もしかしたら、と思い始めまして……」

「……お前から見て、最近の俺はどんな感じなんだ？」

恐る恐るそう聞けば、レオポールは人差し指を立てた。

「こう、『好きな子が気になって仕方ない思春期真っ最中の子供』って感じで……」

「なっ、なんでそうなるんだ！　お前の目は節穴か⁉　その歳でもう耄碌《もうろく》したか！」

「あ、ティアナ様」

「…………」

羞恥からか、怒りからか、顔を真っ赤にさせたヴァレッドは、レオポールのその一言で張り上げそうになった怒声をぐっと呑み込んだ。そして、一瞬だけ恨めしげにレオポールを睨んだ後、すぐにティアナの部屋に視線を向ける。

すると、そこには大きな箱を抱えたティアナがよろよろと部屋から出てくるところだった。その後ろから慌てたようにカロルが付いて出る。

会話の内容までは聞こえないが、どうやら、その箱をティアナが自ら持つと言って聞かないのだろう。カロルは何度も箱を取り上げようとしているが、ティアナは首を横に振って断っていた。

そして、なにやら楽しそうに声を上げる。

ティアナが持っているのは恐らく刺繍糸とハンカチが詰まったあの箱だろう。

入っている物の一つ一つの重さはたいしたものではないが、あれだけの量が詰まっているのだ。女手にはとても重たい代物に違いない。

それを証明するようにティアナの体はふらふらと左右に揺れていた。

「あんな大きな箱、危ないな……」

「そう思うのでしたら、こんな風に隠れてないで助けに行ってきたら良いじゃないですか。隠し事

について も、本人に直接聞けば……」

「馬鹿かお前は！　女が自らの秘密を素直に話すわけがないだろう！」

「ヴァレッド様！」

ヴァレッドが思わず張り上げた声に、箱を持ったティアナが跳ねた声を出した。箱の横から顔を覗かせて、満面の笑みを浮かべている。

隠密に行動しようとしていたヴァレッドは悔しげな表情で廊下の角から出てきた。

「今朝ぶりですね、ヴァレッド様！」

「あぁ」

ばつが悪そうにヴァレッドがそっぽを向くと、その視界の端でティアナがよろけた。

「きゃっ！」

「この、馬鹿っ！」

「ティアナ様！」

カロルとヴァレッドが同時に飛び出すが、どちらも間に合うことなくティアナは床に突っ伏した。

箱の中身が飛び散らなかったことだけが不幸中の幸いで、ティアナは鼻の頭を押さえながら、よろよろとその場に座り込んだ。

顔にかけてあった眼鏡の方にも傷はないが、顔の中心でずれてしまっている。

「あんな重そうなもの一人で持つからだ。大丈夫か？」

「ありがとうございますー……」

少し涙目になりながらティアナはヴァレッドの差し出してきた右手を取って立ち上がった。

ヴァレッドがティアナのスカートに付いた埃を払ってやっていると、カロルの鋭い声が届く。

「ヴァレッド様！　ティアナ様は貴方の奥方になられる方ですが、まだ婚姻はすませておられないでしょう！　スカートの上からでも足下を触るのはお控えくださいっ！」

「あ、あぁ」

その言葉で自分の行動に気が付いたのか、ヴァレッドは少し耳を赤くして、飛び退くようにティアナから距離を取った。

後ろではレオポールが意味ありげに「ほぉ……」と呟く。

ティアナは飛び退いたヴァレッドに嬉しそうにお礼を言い、また箱を持ち直そうとした。それをカロルが必死で止める。

「いけません！　ティアナ様！　先ほど転んだばかりでしょう？　何のために私が居るとお思いですか？」

「でも、カロルにだってこの箱は重いでしょう？　これは私の我儘なのだから、私が持ちますわ」

「ダメです！　お貸しください！」

「……私が」

「俺が持とう」

助けに入ろうとしたレオポールの声を遮って、ヴァレッドがそう言った。

ティアナの腕の中にある箱を半ば奪い取るようにすると、軽々と肩に担ぎ上げた。

その男らしい姿にティアナは思わず頬を上気させて手を叩いてしまう。

それがよくできた子供を褒めるような仕草だったためか、ヴァレッドは少し眉を寄せて口をとがらせた。

「なんだそれは」

「ヴァレッド様はとても力持ちなのだと思いまして！　私では、そんな風に持てませんわ！」

「当たり前だろう。男と女ではそもそも体の作りが違う」

「女……ですか。あの、お手数をおかけしてすみません」

ヴァレッドの女嫌いを思い出したのか、急にまじめな顔になって頭を下げたティアナにヴァレッドは箱を持っていない方の手で頭を抱えた。

どう言えばいいのか数秒固まって、いつもより幾分か暖かい声色をティアナの頭上に落とす。

「今のは女が非力だとか、そういうことを言いたかったわけじゃない。これは仕方がないことだろう？　君は謝らなくて良い」

「そうなのですか？」

「そうだ。あと、今度から重たい物を持つ時は一言声をかけろ。暇だったら手を貸してやらないこともない」

「ありがとうございますっ！」

「――――っ」

花の笑顔にヴァレッドが面食らっていると、いつの間にか隣に来ていたレオポールが肘で彼の脇腹をつついた。

早く隠し事の内容を聞け、ということなのだろう。

ヴァレッドは咳払い一つで真剣さを取り戻した顔になり、疑いの眼差しをわざと作り上げた。

「で、君はこれをどこに持って行くつもりだ？」

「あ……」

「もしかして、俺には言えないところへ行くのか？　何を企んで……」

「ヴァレッド様！　良い機会ですから一緒に来てくださいますか？　皆にヴァレッド様を紹介したいと思っていたところでしたの！」

ヴァレッドの片手を取ってティアナが跳ねる。

彼女が下から覗き見れば、ヴァレッドの頬は静かに赤らんだ。

「あぁ」

「なーに照れているんですか」

「照れてないっ！」

レオポールがにやにやと耳元でそう呟けば、ヴァレッドは彼の足を踏みにかかる。それをひらりと躱《かわ》されて、ヴァレッドは恨めしそうにレオポールを睨みつけた。

「良かったですね。隠し事は杞憂《きゆう》だったみたいですよ」

「まぁな」

そんなやりとりをしていると、ティアナが弾かれたようにヴァレッドの手を離して距離を取った。

その様子に二人が驚きながらティアナを見ると、少し赤い顔をしたティアナがレオポールに向かって頭を下げた。

「レオポール様、嫉妬させてしまってすみません！　私、お二人の恋路を邪魔する気は……」

「だから違うって、言っているじゃないですか‼」

◆◇◆

「ここに何があるんだ？」

ティアナに連れて来られたのは、城の裏手の大きな生け垣だった。

怪訝な顔をするヴァレッドにティアナはにっこりと微笑んで、生け垣の下の方を指さした。

「ここを通るんですの」

「ここ？」

見れば生け垣はソコだけ抉《えぐ》れたようになっていた。

女、子供が一人通れるか通れないかぐらいの小さな穴である。

一瞬、そこを通って外にでも出るのかと思ったが、この城は高い壁でぐるりと覆ってある。生け垣は抜けられても、その先の石壁は到底越えられないだろう。

そう思った矢先、ティアナは慣れた様子で生け垣を潜り、その先の石壁を押した。すると、何かが外れる音と共に、その石壁が一部だけ崩れたのだ。

これには見ていた二人も心底驚いた様子で、レオポールに至っては胃を押さえながら青い顔になっていた。

「ティアナ、これはお前が⁉」

「いいえ、最近知り合ったお友達に教えてもらいましたの。その方も知ったのは最近だそうで、自然に崩れていたのを見つけたそうですわ」

「レオッ！」

「すみません、確認が足りませんでした。今すぐ兵士に城の周辺を確認させます」

青い顔のまま一目散に走り去ったレオポールの後ろ姿を眺めながら、ヴァレッドは大きく溜息を付いた。

そして、何がいけないのかよくわかっていないティアナと、頭を抱えるカロルに鋭い視線を向ける。

「……ティアナ」

「すみません。お叱りは私が」

「カロルは少し黙っていろ」

ティアナを守るように割り込んだカロルを押しのけて、ヴァレッドはティアナに詰め寄った。

彼は口を開けて何かを言いかけた後、思い直したように一度口を噤み、ティアナの低い目線に合わせるようにその場で片膝を付いた。そうして、幾分か優しくなった声色で、それでも諭すように目の前の彼女に声をかけた。

「ティアナ、ここの穴をもし賊などに使われたらどうなるかわかるか？」

「え……」

「賊がこの城に入りたい放題と言うことは、城の中にある金品や城に通ってくれている者達が危険に見舞われるということになる。金品は買い直せば済む話だが、俺は城の者を無闇に危険にさらすようなことはしたくない。門番も巡回の兵士もそのためにいるが、彼らがこの城で剣を抜くことはない方が良いに決まっている」

「す、すみません……」

事の重大さに気づいたティアナは青い顔になり、慌てて頭を下げる。

それを見て取ったヴァレッドは、地面から膝を離し立ち上がった。

そして、青い顔をするティアナを見下ろしながら、ふっと表情を緩める。

「今回はいい、以後は気をつけてくれ。今度同じようなものを見つけたら、次は一番に俺に知らせてほしい」

「はい」

「そんなに落ち込むな。今後、気をつけてくれれば良いだけの話だ。それに、壁が崩れていたのは君の責任ではないしな。むしろ、君のお友達とやらが見つけていなかったら、もっと発見が遅くなったかもしれない」

ヴァレッドがそうフォローするも、ティアナにいつもの元気さは戻らない。

「数週間後には君はここの公爵夫人になるのだろう？　俺に一度や二度怒られたぐらいでそんなに

なっていたら長く続かないぞ。まだ帰るつもりはないのだろう？」

「……ヴァレッド様」

「君は暴走気味ぐらいがちょうど良いな」

それ以上何も言うことはないと、ヴァレッドはティアナの頭を少し乱暴にくしゃりとかき混ぜた。

それを見ていたカロルの顔がほんのり赤く色づく。

「甘いですわね」

「ティアナも今回はその事実に思い至らなかっただけだろう。これで甘いというなら、主人と一緒にこのことを黙っていたお前にも何か罰を与えなくてはいけなくなるが？」

「私に関してはなんなりとなさってください。それに、私が甘いと言ったのは雰囲気のことですから、あしからず」

雰囲気が甘い、そう言われたヴァレッドは一瞬の間を置いて頭を爆発させた。耳まで真っ赤にして、目を怒《いか》らせている。

「お前も、レオも、最近何なんだ！　俺は女が嫌いだと何度言えばわかる！　まさか、女嫌いが俺の虚言だとそう言いたいのか⁉　嘘は女の専売特許だろう！　俺にはそういう趣味はない！」

「いいえ、貴方様の女嫌いは筋金入りだと存じています」

「だったら、そんなバカげたこ……」

「ティアナ様だけ特別なのかと」

そう言いながらカロルはにやりと笑って見せる。

「違うに決まっているだろうがっ‼」

◆◇◆

「大体、女は何でもかんでも色事に結びつけたがる。俺は、女が嫌いだと何度言えば……」

「ほら、ぶつくさ言ってないで歩を進めてください。ティアナ様たち、もうあんな遠くにいますよ」

城の周りを確認して、穴の簡易的な修繕を終わらせたレオポールはヴァレッド達と合流し、一緒に城の外を歩いていた。

以前、馬車で街に降りた時に通った大通りを今度は徒歩で下り、花祭りの会場である街を横目に、海へ降りる街道を抜けた。

徒歩で行くには結構な道のりで、四十分以上歩き続けて四人はやっと目的の場所へたどり着いた。

「ここですわ！」

「教会？」

ティアナがそういって歩を止めた先は教会だった。

教会といっても街にあるような煌びやかなものではなく、もうとっくの昔に訪れる者が途絶えたような落ちぶれた教会だった。

元は白かっただろう外壁は土色にくすんでしまっていて、窓ガラスには所々ひびが入っている。誰も管理をしていないのか、辺りには雑草が腰の高さまで伸びきっていた。

「ティアナー！」

その声に四人が振り返る。

そこには綺麗な銀髪を持つ少年が、頬に泥を付けて嬉しそうに頬を上気させていた。

年齢は十代半ばには少し足らないぐらい。

彼はそのままティアナの元に駆け寄ると、彼女を抱えてくるりと一回転してみせた。

「昨日ぶりですね、ザール。元気でしたか？」

「昨日の今日でそんなにすぐ体調悪くならないよー」

「ザール！　ちょっと！　毎回、毎回、やめなさいと言っているでしょう！」

抱きあった状態で会話を進める二人に割り込んだのはカロルだ。しかし二人を無理矢理に引き離すことはせずに、呆れた顔で注意するだけだった。

そんな二人を引き離したのは教会から出てきたもう一人の人物。

「こらザール、やめなさい。ティアナさんが困っておられるでしょう」

「げ、神父様。いいじゃん、ティアナをこの教会に連れてきたの俺なんだし」

神父様と呼ばれた男性は、下がった目尻に短く切りそろえられた髪が特徴の男だった。

ふくらはぎまである白いダルマティカを着て、肩からは金の刺繍が入ったストールを垂らしている。

彼はやれやれと肩をすくめながら、ザールの首根っこを摑むとティアナから無理矢理に引き離した。

「それとこれとは話が別でしょう？　いいから離れなさい。彼女のドレスに泥が付いてしまいますよ。作業が終わったのなら水でも浴びてきなさい！」

「はーい」

渋々といった感じでザールはティアナを離した。

そして、そのまま身を翻して教会の中に消えていく。

それを見送って、神父はティアナに深々と頭を下げた。

「ティアナさん、いつもうちのザールがすみません」

「いえ、大丈夫ですわ。ザールの元気な姿を見るのは嬉しいですもの！　それにここに着てくるドレスは全部汚れても洗いやすいものばかりなのでお気になさらないでください」

「お気遣い痛み入ります。今日は、カロルさん以外にお連れの方が……、え？　ヴァレッド公爵様⁉」

ティアナの隣にいる箱を担いだ男性が、領主のヴァレッドだと気付いた神父はひっくり返ったような声を出しながら目をひん剝いた。

何度も目を瞬かせて本人だと確認すると、神父は先ほどよりもより腰を深く折り曲げる。

「こんな寂れた教会へようこそおいでくださいました！」

「いや、今は公爵としてではなく私的な用で来ている。頭は下げなくていい」

ヴァレッドのその言葉に神父は頭を上げるが、いまだに緊張を顔に張り付けている。

「ティ、ティアナさんとはどういったお知り合いで⁉　ザールからはティアナさんはどこかの屋敷で働いている侍女だと聞いていたのですが、ま、まさか、その屋敷がヴァレッド様のお屋敷なのですか⁉」

「まぁ、……そうだな」

レオポールに目配せをした後、ヴァレッドはそう頷いた。

本当のことを言う必要はないと思ったのだろう。カロルもティアナもそれでいいようで、黙って二人の会話を聞いている。

「もしかして、ザールはヴァレッド様のお屋敷に侵入したのですか⁉　あぁもぅ！　あの子はっ‼」

「その辺の話も含めて、俺はまだうまく理解できていないんだが、誰か俺に状況を説明をしてくれないか？」

ヴァレッドはそう言いながら困惑しきった顔を周りに向けた。

ティアナの話によると、数日前、薔薇園の付近でザールを発見したのがことの始まりらしい。

後からわかったことだが、ザールは城の厨房で盗みを働こうとして失敗した帰りだったそうだ。

空腹で死にそうになっている彼にティアナは自分の昼食を与え、なんと一人で彼を送っていったらしい。

そしてここ、『パトリップ孤児院』を知った。

教会が管理するその孤児院では、親を亡くした子供が十数人で共同生活をしていた。

基本的にこの国では孤児院は教会が管理するものが多く、その教会の規模によって本部から金銭が配当されている。

もちろん、この教会にも配当金は支払われているらしいのだが、その額は少なく、子供達は満足のいく生活を送れていないのが現状だった。

彼らは飢えを凌《しの》ぐために教会の裏にある畑で野菜を作り、余った物は売り歩いて日銭を稼いでいた。それでも作物がとれなくなる冬には餓死する者もいたし、衛生環境も決して良いとは言えなかった。

そんな現状を知ったティアナは、その孤児院に日持ちのするパンと干し肉を差し入れ、一緒に室内を掃除してまわったのだという。

「私だけでは手の回らないところをティアナさんに助けていただきました」

目尻と眉を下げながら、すまなそうに神父はそう口にした。

確かに子供十人以上を彼が一人で面倒見るのは大変だろう。寂れた教会へ配当される金銭も雀の涙ほどに違いない。

ヴァレッドは少し考え込むようにしながら神父とティアナの話に耳を傾けていた。

「それで、今日はこれをもってきましたの！」

話が一段落ついたところで、ティアナはヴァレッドが持ってきた箱の蓋を取った。そこには色とりどりの糸とハンカチが詰まっている。

「これは？」

「刺繍の道具ですわ。私が教えられることはこれぐらいしかありませんから」

「ティアナさん、すみません。私たちに刺繍をするような時間は……」

申し訳なさそうにそう言う神父にティアナは微笑みながら頭を振った。

「私が今から教えようと思うのは、趣味ではなく仕事です。私もそんなに蓄えがあるわけではありませんし、家から持ってきた金銭にも限りがあります。なので、皆さんでお仕事をしませんか？　これなら子供でも手先の器用な者ならば出来ますし、季節に関係なくお金を稼ぐことが出来ます。良い物ならば買い取ってくれる問屋さんもカロルが見つけてくれていますから」

これには、カロル以外の三人が目を剝いた。

まさかおっとりとした彼女がここまで考えているとは思っていなかったのだろう。

確かに、差し入れや寄付をするだけではその場凌ぎにしかならないことは明白だ。

仕事をしようにも子供が多く、読み書きや計算も出来ない子ばかりなので雇ってくれるところも少ない。

ティアナのその案は、彼らにとってまさにうってつけだった。

「……差し出がましい真似ばかりしてしまい、すみません」

「そ、そんなことっ！　そこまで考えていただいて、ありがとうございます！」

恐縮しきりの神父がまた深々と腰を折った。本当に腰が低い神父である。

その日の午後からティアナの刺繡教室は始まった。

教室は教会の食堂を使わせてもらうことにした。

最初なので生徒は希望者だけということにしたのだが、孤児院に住む半分以上の子供たちがティアナの生徒になることを希望した。

まだ針も持たせられないような小さな子供を除いて十人。

その中にはもちろんザールもいた。

「ティアナ！　ここは？」

「ここはあらかじめ描いておいた図案の少し外側に針を刺して、後は隙間を埋めていくように刺すの。スカスカだと綺麗な絵にならないからしっかり詰めてね」

「りょうかい！」

ザールが元気よく返事をすると、ティアナの後方からまた彼女を呼ぶ声が聞こえた。

ティアナはその声に身をひるがえし、パタパタと声が聞こえた方向に走っていく。

部屋の隅ではヴァレッドとカロルが室内を走り回るティアナを眺めていた。

ちなみにレオポールは本人たっての希望で、神父と一緒に孤児院の中をいろいろ見て回っている最中だ。

「ねぇねぇ」

じっとティアナを眺めているヴァレッドの袖を誰かが引いた。

彼が視線を落とすと、先ほどまで笑顔でティアナに質問をしていたザールが怪訝な顔でヴァレッドを見上げていた。

「なんだ？」

「おじさんってティアナとどんな関係なの？」

「おじ……」

ザールの言葉にヴァレッドは一瞬固まった。

そして、自分の年齢を数えなおして、うめくような声を出した。

「俺はまだ二十代なんだが……」

「でも、俺より年上だろ？　ねぇ、おじさん。ティアナとはどんな関係？」

「〝お兄さん〟だ！　……どんな関係と問われても……」

馬鹿正直に『結婚相手だ』と答える気になれないヴァレッドは、眉間に皺を寄せたままザールを見下ろす。

一方のザールも少し睨むような視線をヴァレッドに送っていた。

「もしかしてさ、恋人だったりするの？」

「違う」

脊髄反射の速度でヴァレッドは即座に答えた。

その答えにザールの表情がキラキラと輝きだす。

「よっしゃ！　ねぇ、おじさん！　ティアナって恋人とかいるのかな？　好きな人とか？」

「……俺が知るはずないだろう？　そんなものを聞いてどうするんだ？」

「将来ティアナをお嫁さんにもらう時、ライバルは少ない方がいいだろ？」

「は？」

素《す》っ頓狂《とんきょう》な声を出してヴァレッドは目を瞬かせた。

目の前にいるのがティアナの結婚相手ということを知らずに、ザールは彼女の方に視線を向けながら頬を緩める。

「ティアナってかわいいよなぁ。それに優しいし。いつも『一生懸命です！』って顔して俺たちのために走り回ってくれるんだもん。あれは惚れない方がどうかしてるよ！」

「………………」

何とも言えない顔でヴァレッドは黙る。

そんなヴァレッドを置き去りにして、ザールはにこにこと話をつづけた。

「ティアナってさ、お城で働いている侍女っぽいんだけど、結構失敗も多いんだよね。でもまぁ、そこも可愛いんだけど！　この前なんてさ、一緒に床掃除していたら何故か他の奴らと競争になっちゃって、そのまま前を見ずにバケツにツッコんで床が水浸し！　それに料理もへたっぴなんだよねー。おじさんはティアナの料理食べたことがある？」

「いや……」

「しょっぱいし、甘いし、ティアナが作る料理は悪い意味で複雑な味だよ！　今度おじさんも作ってもらえば……って、そういう関係じゃなかったか！」

にっこりと笑ったザールにヴァレッドは眉間の皺を深くした。

そして、腕を組みながら視線をザールからティアナへと移す。

彼女は笑みをたたえながら、子供たちの間をせわしなく走り回っていた。

その教え方は傍から見ていても丁寧で、わかりやすく、子供たちに対する愛情がにじみ出ている。

きっと子供が好きなのだろう。

その微笑ましい様子に、ヴァレッドの顔は思わずほころんだ。

(料理と言えば、一度だけ食べさせられそうになったことがあったか……)

あれはヴァレッドの体調が悪いとティアナが勘違いした時だ。その時、彼女は自ら調理場に立って、スープを作ろうとしてくれていたらしい。

結局、出来が残念ということで、料理長が作ったものを持ってきてくれたのだが……

(怖いもの見たさだが、……食べてみてもよかったな)

ヴァレッドはそのことを思い出しながら、少し残念な気持ちになっていた。

ティアナの料理の味を自分が知らないというのは何となく納得がいかない。

そんな変な対抗意識を燃やし始めたヴァレッドの様子に気付くことなく、ザールはティアナに視線を向けたまま、にこにこと夢を語る。

「俺、今からいっぱい勉強して、ちゃんと食べていけるぐらい立派になったら、ティアナにプロポーズするんだ！」

「ほぅ」

口元にうっすらと笑みを浮かべてヴァレッドはそうつぶやいた。

そして、意地の悪い声を出す。

「それは残念だったな」

「はぁ!? 『残念だったな』ってなに？」

「ティアナはもうすぐ結婚するぞ」

「だ、誰と⁉」

ザールの驚いた顔にヴァレッドは勝ち誇ったような視線を向けた。

「さぁな。それぐらい自分で考えてみたらどうだ？　それと、俺とティアナは料理ぐらいならいくらでも作ってもらえる間柄だ」

「え⁉」

「子供相手に見苦しいですわよ」

カロルがヴァレッドのわき腹を小突きながらそう言った。

ヴァレッドはそんな彼女の手を鬱陶《うっとう》しく払いのけながら、怪訝な顔で片眉を上げる。

「何が見苦しいんだ？」

「嫉妬するなら相手を選べと言いたいんです。そんな純粋な子供苛めて楽しいですか？」

「嫉妬じゃない‼」

目を怒《いか》らせてヴァレッドはカロルを睨むが、彼女はどこ吹く風といった様子で彼とは視線も合わせない。

その時、子供たちの甲高い声が耳を劈いた。

ヴァレッドはカロルから視線をはずし、その声のした方向に目を向ける。すると、そこには異様な光景が広がっていた。

投げ倒された椅子と机の奥に、子供達が怯えた表情のまま固まっている。

ティアナはそんな子供たちを守るようにぎゅっと抱きしめていた。

騒ぎの中心には一人の子供がいた。年齢はザールよりは少し幼いぐらいだろう。

十代前半のその子は目を血走らせ、まるで猛獣のような唸り声を上げている。手には布を切る時に使っていただろう裁ち鋏《たばさみ》が握られていた。

「アイツ、また……」

ザールはヴァレッドの隣でそうつぶやいた。

「『また』？」

「アイツよくああいうことあるんだ。夕飯食べた後とか、休憩中とか。なんか幻覚を見ているみたいで、いつも我を忘れて暴れまわるんだ。その度に神父様が薬で落ち着かせてる」

「……そうか」

何か言いたげな表情でヴァレッドはそうつぶやいた。

ザールの言葉を肯定するかのように、その少年は虚空を見つめながら「やめろ！」「近寄るな！」などと声を荒らげている。

その時、騒ぎを聞きつけた神父とレオポールが食堂に入ってきた。

二人は状況を理解し、少年を刺激しないようにゆっくりと、ティアナと子供たちをヴァレッドの後ろに避難させる。

「ティアナ、そのまま動くなよ」

「は、はい！」

「公爵様っ！」

神父が止めるのも聞かず、ヴァレッドは唸り声を上げる少年の前に一歩踏み出した。その歩の進め方に一切の迷いはない。

唸り声を上げているのは確かに十代の子供だ。しかし、理性を忘れたようなその姿からは危険しか感じられなかった。

その子のもつ刃物のような雰囲気に、ティアナは思わずヴァレッドを止めようとしたが、それをレオポールがやんわりと止めた。

「心配ありませんよ。ああ見えてもヴァレッド様はお強いですから」

「でもっ！」

「だてに何年も軍属していたわけじゃありませんよ」

にっこりと微笑むレオポールにティアナが言葉を探していると、麦袋を殴ったような重たい音が辺りに響いた。続いて、裁ち鋏が床を打つ音。

それはヴァレッドが少年の鳩尾を殴った音だった。一瞬で気絶した少年の体を抱き留めて、ヴァレッドは彼を軽々と抱き上げる。

「命に別条はないし、恐らくすぐ目覚めるだろう」

「私が治療をっ！」

そう言って神父は少年をヴァレッドの手から奪い取り、まるで逃げるかのように、そのまま奥の部屋へと消えていった。

◆◇◆

それからしばらくして、神父が落ち着いた少年を部屋から連れて帰ってきたのを見届けて、ティアナ達は教会を後にした。

まだ虚《うつ》ろな目をしたその少年が心配ではあったけれども、神父は薬を処方したと言っていたし、ティアナには医学の心得は無いので、これ以上どうにも出来ないのが現状だった。

気が付けば日が落ち始めていて、四人は夕日が照らす街道を無言で歩いていた。

いつもは能天気なはずのティアナも心なしか気落ちしているように見える。

少しだけ重い沈黙が降りる中、一番最初にその沈黙を破ったのはヴァレッドだった。

「ティアナ、前にあの教会を訪れた時にもああいうことはあったのか？」

「ああいうこと？　少年が暴れたことですか？」

そう問えば、ヴァレッドは無言で首を縦に振った。

あの教会に着いてから、彼の面持ちはずいぶんと堅い。

ヴァレッドほどではないがそれはレオポールも一緒で、変わらなかったのは女性陣だけだ。

ティアナはヴァレッドのその態度を少し疑問に思いながらも、彼の問いに答えるべく、口を開いた。

「……一度だけ。でも、その時はすぐ神父様が薬で治めてくださったので、大事にはなりませんでした。今回みたいになったのは初めてですわ」

「そうか。他におかしくなった者は？」

「いいえ、彼だけですわ。定期的に体調が悪くなる方はいましたけれど……」

その言葉を聞くやいなや、ヴァレッドの眉間に深い皺が寄った。

歩を進める足は止めないが、それでも心ここにあらずといった感じで、考え事をしているようだった。

「みんなどんな時に体調が悪くなるんだ？　規則性はあったか？」

「そうですね。畑仕事から帰ってきた後とかが多かったでしょうか。特に畑で枯れ草を燃やしている時などは、あのザールも倒れてしまって……」

「畑か。お前はそこに行ったことがあるか？　なにが植えられていた？」

「ヴァレッド様、どうかなさいましたか？　さっきから質問ばかり」

いきなり始まった質問責めに、ティアナは困ったような顔をした。しかも聞いてくるヴァレッドの様子が余りにも真剣そのものなのもティアナを余計混乱させる。

「思い出せる範囲で良いから思い出してくれ」

「ヴァレッド様、もしかして……」

ティアナが何かに思い至ったように、顔を跳ね上げた。

その顔には何故か笑みが浮かんでいる。

「あの教会のことを知ろうとしてくださっているのですか？　ヴァレッド様はやっぱりとってもお優しい方ですわ！　孤児院の現状を知って、手を貸してくださるおつもりなんでしょう？」

「……もうそれでいいから、早く教えてくれ」

明るい表情になって喜ぶティアナに、ヴァレッドはさっきの真剣な顔つきから何故かげんなりとした表情になる。

そうして彼は、頭をがしがしと掻きながら呆れたような視線を彼女に向けた。

「教会の裏の畑は行ったことありますわ。植えてあったのは、トマトにナスなどの野菜がほとんどでした。あ、でも、奥の畑はまだ立ち入ったことがありませんの」

「奥にまだ畑があるのか？」

「そうみたいです。奥といっても教会からは離れているらしくて、私は危険だから近寄らない方が良いと、神父様が」

「……畑に何が植えてあるのかも知らないか？」

「はい。……ヴァレッド様、植物に興味がおありなんですか？　お詳しかったりします？　もしよろしかったら、今度一緒に野菜の苗を見に行きませんか？　いくつか選んで孤児院に持って行こうと思ったのですが、私、植物には疎くて、ご教授頂ければ嬉しいのですが」

あらぬ方向に飛んでいきそうになる話にヴァレッドは少し困ったような顔になった。

きらきらと期待の眼差しを向けるティアナにヴァレッドは少し身を引くと、彼女は更にぐっと距離を詰める。

間近に迫るティアナの顔にヴァレッドは思わず顔を逸らした。

「俺は植物に興味があるわけじゃ……」

「あら、ヴァレッド様も初心者ですの？　だったら、一緒に勉強しながら苗を選びましょう」

「……俺はどっちにしても君と苗を見に行くことになるんだな」

「あら、本当ですわ。ふふふ、楽しみですわね」

上機嫌でくるりと一回転するティアナに、固まりかけていた場の空気がわずかに和んだ。

ヴァレッドもレオポールも先ほどより表情を緩ませている。

「ティアナ様のそういうところ、本当にすごいと思いますわ」

カロルが微笑みながらそう言えば、ティアナは一瞬きょとんとした顔をした後、にっこりと微笑んだ。

「何のことかわかりませんが、カロルに褒められてしまいましたわ。嬉しい！」

ティアナのその声に、その場にいる全員が少し笑ってしまっていた。

◆◇◆

窓の外には月が浮かび、辺りが静けさを湛えている刻限、ヴァレッドとレオポールは明日分の執務を少しでも片づけておくべく、書類に目を通していた。

仕事をする場所に、執務室ではなくヴァレッドの部屋を選んだのは、少しでもティアナ達に話の内容を聞かれるのを防ぐためだ。

二階の端にあるこの部屋はティアナの部屋からもっとも遠い場所に位置している。

ここなら、万が一にもティアナ達が部屋の前を通ることはない。

彼の部屋はティアナたちに聞かれたくない話をするにはうってつけの場所だった。

聞かれて困る話というのは、昼間に訪れた教会の話だった。

「お前はあの教会をどう思った？」

仕事をしている手を止めることなく、ヴァレッドはレオポールにそう聞いた。

レオポールも書類から目を離すことなく、彼の問いに答える。

「どう、とは？」

「お前もあの教会を不審に思ったから調査してまわっていたのだろう？」

ヴァレッドの鋭い視線にレオポールは肩をすくめてみせた。

そして、「神父も一緒でしたので、あまり突っ込んでは調査できませんでしたけれど……」と前置きをする。

「ティアナ様達は何も気付いておられないようでしたけれど、あの神父は胡散《うさん》臭すぎますね。子供達が生きていくのに必死になっているというのに、あの神父の服は綺麗すぎます。もっと言えば、お金がかかりすぎている。金の刺繍が施されたストールなんて、あんな廃れた教会の司祭に渡される代物じゃないでしょう。少なくとも、本当に教会から派遣された神父ではないことは確かですね。それと、神父の私室を見せてもらったりもしたのですが、まるで自分がいる痕跡を残さないようにと必死になっているような感じの部屋でしたよ。生活感がなさ過ぎて逆に怪しかったですね」

ヴァレッドはレオポールの言葉に一つ頷いた。

「今日暴れまわっていた子供は、明らかに薬物中毒を起こしていた。そんな少年を病院に連れて行こうとしないのもおかしかった点だな。それに、俺を一目で公爵だと認めたことも少し気になる」

「そうですね。ヴァレッド様は家督を継いでから、まだ派手に表に出ていませんもんね。よく見れば気付く、という人はいるかもしれませんが、一目で気付くというのは、知り合い以外なら隠れる必要がある犯罪者だけでしょう」

「犯罪者、か」

「もしそうならティアナ様、悲しみますね。神父とも仲良さげにしていましたし……」

そうだな、と一言返して、ヴァレッドは切り替えるように大きく深呼吸をした。

「今後、ティアナに警護をつける。俺が結婚することは一部の限られたものしか知らないし、婚前だから狙われることもないだろうとつけていなかったんだが、状況が変わった」

ヴァレッドが見終わった書類を机の上で整えながらそう言えば、レオポールは眉を寄せたまま、それでも穏やかな口調で応じる。

「わかりました。しかし、急なことなので細かい選定はできませんね。兵士にはローテーションを組ませましょう。正式な護衛はこの件が済んでから決めるということで……」

「頼む」

「頼まれました」

ヴァレッドは顔を厳しく引き締めながら、一枚の書類を引き出しから取り出した。

「それと、もう一つ頼みごとだ。レオ、調べてくれるか?」

「なんですかこれ？　……もしかして、こうなることわかっていました？」

ヴァレッドが出してきた資料を受け取って、レオポールは目を眇ませる。

そこにはびっちりと人の名前が記されてあった。その隣には性別や入れ墨などの特徴もしっかり書いてある。

そして一番端には、薬物に関しての犯罪経歴などが書いてあった。

「たまたまだ。花祭りの時、見回った店の店主から気になる話を聞いてな。念のためリストを作っておいたんだ」

「あぁ、あのお土産のお店ですか？　で、気になる話とは？」

レオポールはヴァレッドから渡されたリストに目を通しながらヴァレッドの話を聞く。

「最近になって、うつろな目をした人をよく店の前でみかけるようになった、と。しかも、一人、二人という数ではないらしい。店主が気になって独自に二、三人調べてみたところ、彼らは何度か薬物で捕まった経歴を持つ者たちだったようだ。しかし、それも何年か前の話らしい」

「つまり、彼らは薬物から足を洗い普通に生活を送っていたのに、また何かのきっかけで薬物に手を出しはじめた、ということですか？　それで以前薬物を手に入れたことのある店の前をうろついていた。と……」

レオポールの言葉にヴァレッドは腕を組んだまま椅子に深く腰掛ける。

そして、眉間のしわを海溝のようにぐっと深めた。

「その線が濃厚だろうな。もし、神父が何か違法な薬物で商売しているとしたら、その者たちから繋がってくる線もあるかもしれない。……調べてくれるか？」

ヴァレッドの真剣な視線を受けたレオポールは先ほどまでの堅い雰囲気を一変させて、にっこりと陽気な笑みを作った。

そして、自身の胸をたたき、胸をそらす。

「もちろんですとも。明日、貴方がティアナ様と楽しくデートしている間に私は汗水流して一生懸命働きましょう！」

「デートじゃない！」

その嫌みったらしい言いようにヴァレッドは目をつり上げるが、レオポールは気にすることなく「楽しんできてくださいね」と微笑んだ。

◆◇◆

「ヴァレッド様！　この苗とかどうですか？　シシトウだそうです。夏に収穫できるようですし、育てやすいらしいですよ」

「それでは売ることができても腹には溜まらないだろう？　それよりこの芋の苗なんかいいんじゃないか？　収穫時期は遅くなるが、飢えも凌げるし、長期保存も可能だ」

「まぁ！　さすがヴァレッド様ですわ！　じゃぁ、このお芋の苗も頂きましょう！」

「はい、毎度あり！」

教会を訪れた翌日、花祭りも終わりかけた城下町の苗屋で、ヴァレッドとティアナは沢山の苗を前にうんうんと唸っていた。

いや、正確には唸っているのはティアナだけで、ヴァレッドはそんな彼女に付き合って時折意見を言うだけなのだが、それでも時折口元に笑みを乗せて話している様子からして、彼もまんざらではないのだろう。

二人の服装は、以前花祭りに赴いた時のお忍び衣装だ。なので、道行く人も、そこで苗を見ている男性がこの土地の領主だと気が付かない。

それは目の前の店の主人も同じだった。

「お嬢ちゃん達、仲良いねー。恋人同士で苗を買いに来る奴なんてーのはなかなかいねぇぞ」

恰幅の良い店の主人が苗の伝票を書きながら、そう上機嫌で言った。

この店では買った苗を指定の場所まで届けてくれるらしく、ティアナは受け取った伝票に教会の住所を書き込みながら、ふふふ、と上機嫌で微笑んだ。

「私たち恋人同士に見えますか？　嬉しい！　でも、私達恋人同士ではありませんの」

「ほぉ、そうなのかい。あまり似ていないが兄妹とかなのかい？　それとも新婚さんかな？」

「いいえ。どちらも違いますわ。あ、でも、再来週には結婚しますの」

「あ、ティアナッ！」

「へ？　お嬢ちゃん達、恋人じゃないのにかい？」

店主が不思議そうな目線を二人に向けている中、ヴァレッドは一人頭を抱えた。

話の雲行きが怪しくなってきたことを察したのだろう。

そんなヴァレッドを尻目にティアナは頬を桃色に染めながら、素敵な笑みを浮かべた。

「私がヴァレッド様の恋人なんて、おこがましいですわ。ヴァレッド様にはとても素敵な恋人がもういますもの」

「恋人⁉　そこの男は恋人がいるのに嬢ちゃんと結婚するのか？」

「はい！」

「違う！」

ティアナが元気よく返事したところでヴァレッドが声を張り上げた。

これ以上話を広げれば、また彼女の口から『衆道』や『男色』なんて言葉が出かねない。そう思ってヴァレッドはそう否定したのだろうが、それが余計に店主の不信感を煽《あお》った。

睨みつけているわけではないが、店主は眉を寄せて怪訝な顔をヴァレッドに向けている。

「お嬢ちゃん、本当にこんな奴と結婚していいのか？　嬢ちゃん以外に恋人がいるような奴だぞ。言っちゃあ悪いが、男としては最低だ」

「なっ！」

最低という言葉にヴァレッドの顔が引きつる。

しかし、そんなヴァレッドを気にすることなく、ティアナはまるで夢見る乙女のような表情で身体をくねらせた。

「私、ヴァレッド様と結婚出来ることになってとっても幸せですわ！　それに、私ヴァレッド様の恋愛を応援すると決めていますの。ヴァレッド様が幸せなら、私もとっても幸せですわ」

「嬢ちゃん……そこまであの男のことが好きなのか？」

「はい！」

「嬢ちゃんの他に恋人が居てもか？」

「はい！」

「じょぉおちゃぁぁん‼」

「ひゃぁっ！」

店主がむせび泣きながらティアナをぎゅうぎゅうと抱きしめる。

優しく頭を撫でられて、ティアナも嬉しそうに、うふふ、と声を漏らした。

それをじっと睨みつけるのは話に置いて行かれたヴァレッドだ。ここで自分が口を出すと状況が悪化することは確実なのでヴァレッドは深呼吸をして、怒りをぐっと呑み込んだ。

「よくできた女だよ、おじょーちゃんはっ！　そこの男にはもったいない！」

「おい、一応客だぞ」

「うるさい！　女を大事にしない男なんざ客じゃねぇ！　嬢ちゃん、あんな男はやめて、うちの倅にしとかないか？　嬢ちゃんならうちの倅も気に入ると思うんだよ！　ちょうど、年の頃も近くてなぁ……」

その瞬間、ティアナの後ろで誰かが固まる気配がした。

その誰かとはもちろんヴァレッドで、ティアナはほとんど無理やり店主から引きはがされた。

「店主、いい加減うちの妻を離してくれっ！」

「おひょっ！」

ぐっと腕を引かれて、ティアナは店主の腕から今度はヴァレッドの腕に移る。

片腕で逃がさぬように捕らわれて、ティアナは目を白黒させた。

「ヴァレッド様？」

「良いから君は黙っていてくれ。話がややこしくなる。……店主、今彼女が言ったことは、全部彼女の勘違いだ。俺に恋人はいない。だから彼女に変な男をあてがおうとしないでくれないか？」

「うちの息子を『変な男』呼ばわりか」

ティアナを取られた店主が顎を突き出し、ヴァレッドを睨みつける。そんな視線をもろともせずに、ヴァレッドはティアナから伝票をぶんどり店主に付きだした。

「結婚を斡旋《あっせん》する前に仕事をしろと言いたいだけだ。貴方の息子を貶《けな》したわけじゃない」

「……ほぉ」

そのまま睨みあった二人に割り込むようにティアナがヴァレッドの袖を引く。きょとんと顔を傾げて至近距離でヴァレッドを見上げるティアナに、彼はぐっと言葉を詰まらせた。

「ヴァレッド様？」

「……もう注文はすませたな。帰るぞ」

少しだけ赤くなった顔をそらしながヴァレッドはそう言った。

「はい！　あ、でも、もうちょっと街を見てまわりたいのですが！」

「夕方までならな」

「やっぱりヴァレッド様はお優しいですわ！」

上機嫌で飛び跳ねたティアナはヴァレッドの腕を取りにこりと微笑んだ。

その様子を見て、店主も仕方ないと溜息をつく。

「泣かされたらいつでもうちに来て良いからな、えっと、ティアナちゃん！」

「はい！　ありがとうございます！」

「『はい』じゃないだろうが。君はいつか俺の前から消えるつもりなのか？　根性のない他の女達のように君も荷物を纏めて出て行くと？」

元気よく返事をしたティアナを、ヴァレッドは苦々しい顔で睨みつける。

「いいえ、そんなつもりはありませんけれど……」

「なら、そこは『間に合っています』とでも言っておけ！」

「あ、はい！　店主さん、私、間に合っているそうです」

そんなやりとりを聞いていた店主はぶっ、と思わず噴き出した。

ケラケラおかしそうに腹を抱えて笑っている。

ヴァレッドがそんな店主を渋い顔で睨みつけると、彼は「わるい、わるい」と笑いながら謝った。

「心配いらなさそうで安心したよ、ティアナちゃん。兄ちゃんに大事にしてもらえよ。苗の方もきちんと届けとくからな！」

「よろしくお願いいたします！」

店主は恰幅の良い腹をさすりながら改めて伝票を眺めて、そして少しおかしな顔をした。

「ティアナちゃん、ここの教会って確か無人じゃなかったか？」

「え？」

「店主、詳しく聞かせてくれないか？」

店主のその言葉に身を乗り出したのはヴァレッドだった。

ティアナは後ろで一人首を傾げている。

そんな両者を眺めて店主は腕を組み直す。

「いや、この街の付近には元々あの街道奥の教会しかなかったんだが、便利が悪いってことで街の中に教会を作り直したんだ。街の中に真新しい教会があるだろう？　あそこの神父様は元々あの街道奥の神父様だよ」

「まぁ、この前結婚式をやっていた所ですか？」

「そうそう、メオンところの息子がさ、どうしても花祭りの最中に結婚式を挙げたいってもんだから、この前……」

「じゃぁ、街道奥の教会は？　パトリップ孤児院というのは？」

ティアナとの会話を遮るようにヴァレッドがそう口にする。

その焦った様子に店主は目を瞬かせた。

「おうおう、兄ちゃんどうしたんだよ……」

「答えてくれ！」

ぐっと距離を詰めてきたヴァレッドから店主は距離を取り、片眉を上げた。

ヴァレッドの真剣な様子が伝わったのか、店主は少しだけ厳しい顔つきになる。

「街道奥の教会は無人のはずだ。移転したと言っても十年以上前の話だから、変な輩が住み着いていないかどうかと聞かれたらそれはわからないが……。それと、パトリップ孤児院というのは聞いたことがない。この辺で孤児院といったら街の中の教会が管理しているセドリック孤児院だけだ」

「そうか。ありがとう」

そう言いながら、考えるように口元に手を当てたヴァレッドに店主は変な顔をする。

そして、少し厳しく口を引き締めた後に、少しトーンを抑えた声を出した。

「お二人さんがあの教会とどんなつながりがあるか知らんが、もう用事がないんならあそこには近づかねぇ方が良い。ここだけの話だが、俺はあそこの近くでカンナビスの葉を見つけた」

「カンナビス!?」

「まぁ、俺が植物に関して人より詳しいからわかっただけだが、あれは間違いない。見つけたのは葉一枚だけだが、落ちて間もない様子だったし、あの近くに株があるんだろう。自生しているにしろ、誰かが秘密裏に育てているにしろ、近寄らねぇ方が良い」

カンナビス？　と疑問符を頭上に浮かべるティアナを置いて二人は先ほどまでの険悪さを感じさせない様子で話を進める。

「その話、領主には？」

「見つけたのは最近だからまだだよ。だけど、言ったって信じてもらえねぇかもな。葉の一枚でも持って帰ったってーなら話は別だが……」

「信じよう」

「兄ちゃんに信じてもらってもなー」

ははは、と困ったような笑いを浮かべる店の主人に、ヴァレッドは困ったような笑みを口元に浮かべた。

「黙っていて悪かった。俺の名はヴァレッド・ドミニエル。一応、この土地の領主を務めさせてもらっている」

「へ？」

「店主、貴方を植物の専門家と見込んで協力してもらいたいことがある」

ヴァレッドの真剣な顔に、店主は冷や汗を滲ませながら息を呑んだ。

◆◇◆

「ヴァレッド様、『カンナビス』とは何ですか？」

帰りの馬車の中、ティアナは難しい顔で窓の外を眺めるヴァレッドにそう声をかけた。

ヴァレッドはその疑問に少しだけ眉を寄せて考えるようにしていたが、しばらくしてゆっくりと言葉を選ぶように話し始めた。

「『カンナビス』というのは麻のことだ」

「麻、ですか？」

「あぁ。紙や布、油や薬の材料になる、あの麻だ。カンナビスと呼ばれることもある。知っているかもしれないが、麻は葉を乾燥させたり、液体化させた物を吸引することにより、体に有害な作用を起こす植物だ。それが教会の付近で見つかった」

ティアナはヴァレッドのその言葉に息を詰める。

「麻は農作物としても非常に優秀だ。このテオベルク地方でも許可制だが作っているところもある。しかし、教会の付近で許可を出している土地はない」

「それはっ！」

あまりの驚きにティアナは馬車の中で立ち上がった。

その瞬間に、馬車がぐらりと傾きティアナはその場でたたらを踏む。

それをヴァレッドが支えて椅子に座らせた。

「こんなところで立つと危ないぞ」

「あ、ありがとうございます。……そんなことより、ヴァレッド様！　先ほどの話は本当ですか？　もしかして、ザール達が危ないのではないのですか？」

「…………」

ティアナのその問いにヴァレッドはイエスともノーとも答えない。

いつもより暗いその目を細めて、窓を流れる緑を眺めていた。

ヴァレッドのその様子にティアナは珍しく焦ったように声を上げた。

「ヴァレッド様！」

「あの子達は俺が何とかする。約束しよう。……だからティアナ、君はしばらくあの教会へ行かないでくれ。少なくとも俺が許可をするまでは」

「ですがっ！」

「頼むから」

向けられたそのアメジスト色の瞳はどこまでも真剣で、ティアナは頷くしかなかった。

第五章　孤児院の秘密

それから二日。

ティアナは自室で窓の外を眺めながら溜息をついていた。

空は澄み渡るほどの青空なのにティアナの心はどこまでも曇っている。

趣味と実益を兼ねた刺繍もこの二日間まったく手を付けていなかった。

「はぁ」

本日何度目かわからない溜息をつくと、カロルが眉尻を下げながらティアナを気遣うように声をかけてきた。

「大丈夫ですか？　孤児院に行くのを禁止されたのは確かにお辛いでしょうが、ヴァレッド様も別にティアナ様に意地悪をしたいわけではないのだと思いますよ」

「わかっています。けれど、ザール達のことが心配で。ヴァレッド様が何とかしてくれると仰っていたので大丈夫だとは思うのですが……。それに、ヴァレッド様が教会のことを何か隠しているみたいで、それも気になってしまって」

「ティアナ様……」

「私はヴァレッド様に信用されていないのかもしれませんね……」

そう言いながらしゅんと項垂れるティアナにカロルはそっと微笑んだ。

「ヴァレッド様のことになるとティアナ様はずいぶんと落ち込みやすいのですね。普段は底抜けに明るくて『落ち込む』なんて言葉とは無縁ですのに」

「そうかしら?」

「はい。少なくとも私にはそう見えますよ」

顔を上げたティアナをのぞき込むようにカロルはそう言って、そっと彼女の頭を撫でた。

「大丈夫ですよ。ヴァレッド様はティアナ様が思っているよりずっと貴女を信用し、大事にしてくださっています」

「ほんと?」

「はい。本人も気づいていないと思いますが……。ですから、元気を出してください。貴女様がそんな調子だと、私も辛いです」

「カロル……」

目に涙を潤ませながらティアナはカロルを見つめた。

そして、カロルをぎゅっと抱きしめながら、いつもの弾むような声を出す。

「そうよね。落ち込んでばかりじゃだめよね! ありがとうカロル!」

「ティアナ様……」

カロルはいつもの元気を取り戻したティアナに胸を撫でおろした。

しかし、そんな優しい気分に浸っていられたのも一瞬だけだった。

「私、ヴァレッド様の良き妻になれるようにって、最初に決めて嫁いできたのでしたわ！　ヴァレッド様が教会のことで何を隠されているのかは知りませんが、これはもしかして『こんなこともわからないような女に妻を任せるつもりはない』というヴァレッド様からの試練なのかもしれませんー！」

「あー……」

「良き妻になるため！　ヴァレッド様のため！　私は教会の謎を解きますわ！　そして、ザール達を守り、ヴァレッド様のお力になるのです！」

「しくじったー」

ガッツポーズを作るティアナを抱きしめながらカロルは項垂れた。

しかし、『しくじった』という言葉とは裏腹に、口元には優しげな笑みが浮かんでいる。

「カロル、力を貸してくれますか？」

「……はい。喜んで」

そう言いながら二人は微笑みあった。

◆◇◆

ティアナ達が教会の謎を探りだろうと立ち上がったその日、ヴァレッドとレオポールもまたその教会について頭を悩ませていた。

二人は通常の仕事を終わらせた後、ヴァレッドの部屋で部下が上げてきた報告書を食い入るように見つめている。

何冊もの紙の束を積み上げて、腹の底から溜息を吐くのは目の下に隈を作ったレオポールだ。

「現在、リストにあった人物の動向確認をしていますが、今のところ目ぼしい成果は上げられていませんね。皆一様に中毒患者特有の症状はみせていますが、薬物を使うところも買うところも押さえられていません。無理やり捕まえて吐かせてもいいのですが、それは最終手段でしょうね」

「そうか……」

「しかし、まったく成果がないというわけではないですよ。……これを見てください」

そう言いながらレオポールが広げたのは市井の地図だった。

そして、彼はその地図にいくつかの丸を付けていく。

その丸は路上市場が多く立ち並ぶ通り付近に集中しているように見えた。

「これは？」

「探りに行かせた兵士たちに、尾行対象が長く立ち止まったところを報告してもらったんです。例の店はもちろんなのですが、この付近でも止まる者が多かったらしいです」

「路上市場か……。あの教会では確か、畑でできた作物を街に売りに行くと言っていたな。どこかに卸しているという感じじゃなかったから、路上市場を活用している線は十分にあり得る」

ヴァレッドは顎をさすりながら食い入るように地図を見つめる。

一言で路上市場といってもその規模は様々だが、ヴァレッドたちがいるシュルドーという街の路上市場の規模は比較的大きく、大変活気に満ち溢れている場所だった。

「はい。なので、こちらにも兵士を常時見張りとして付けることにしました。もちろん怪しまれるといけないので一般人を装わせていますが……」

「何かわかったら教えてくれ」

ヴァレッドのその言葉にレオポールは「はい」と短く答えた。

「それにしてもなかなか用心深いな。あの神父、そんなに慎重そうには見えなかったんだが……」

「そうですね。怪しいのは怪しいのですが、踏み込むほどの尻尾をつかませてくれないというのはすごくもどかしいですね。ヴァレッド様が見つけた苗屋の店主の証言により、畑の大体の位置は絞り込めたのですが、森の中すぎて詳しい場所までは特定できていませんし……」

「無理やり調査できればいいんだがな」

ヴァレッドのその言葉にレオポールは肩を竦《すく》ませて一つため息をついた。

「それは無理でしょう。知っているとは思いますが、国と教会は基本的に不可侵の関係ですから。確実に犯罪行為が行われているという証拠がない限り、教会に兵士は送り込めません」

「相手が教会の関係者を名乗っているからな。それが嘘でも何でも、教会という一つの拠点がある限り、簡単に嘘と断じられない。もし理由もなく踏み込んだ段階で、教皇がその場所を本物の教会だと言ってしまえば、国が教会側に付け入られる一つの隙を作ってしまうだろうしな」

そう言ってヴァレッドは渋い顔をしたまま書類を机に投げた。

口をへの字に曲げている様子からすると、相当機嫌が悪そうである。

この国――ジスラール王国とクリスエグリース教会の仲はあまり良いものとは言い難かった。

昔から国を裏で支えてきた教会の力は強く、それは国政をも呑み込まんとするほどだったからだ。

国は必要以上に教会を意識し、教会の上層部側はいつかこの国を意のままに操ろうと躍起になっている。

国という大きな組織を動かすためにはどちらも欠けてはいけない歯車だったが、互いに互いをいつか食ってやろうと睨みあっている、そんな状態がここ何十年も続いていたのだ。

なので、教会と国側は互いに不可侵を貫いている。

そうすることで、無駄な争いを避け、表面上は平和的に手に手を取り合って国を動かしてきたのだ。

「私たちが個人的に二人で乗り込むのは可能でしょうが、その場合主犯格を取り逃すか、証拠を消されてしまう可能性が高い。今回のことはあの神父一人がやったことではないでしょうし、神父を取り押さえている間にその仲間が、麻の畑に火をつけてしまうという可能性もある。やはり、検挙するには兵を動かしたいですね……」

レオポールは片眼鏡をはずし、眉間の皺を手で伸ばしながら、うーんと唸る。

しかし、伸ばしたはずのその皺はまたすぐに刻まれて、険しい表情をレオポールに作り上げた。

ヴァレッドも同じく険しい表情のままじっと床を見つめている。

「このままのさばらせておけばこの土地に薬物が蔓延する。しかし、現状では兵を動かすだけの証拠が足りない」

「あの神父が何か城の物を盗んで、その証拠を残してくれたりすれば、手っ取り早いんですが……」

レオポールのその言葉をヴァレッドはあり得ないだろうと鼻で笑う。

一人掛けの肘掛け椅子に身を沈ませて、腕を組むと目を眇めた。

「そうだな。まぁ、そんな間抜けな奴なら良いんだが……。まぁ、あと数日様子を見てまったく尻尾をつかませないようなら、国王に借りを作るつもりで突入するしかないな」

「それは、貴方と国王様との仲でもさすがに怒られるんじゃないですか？」

「知るか。俺に見合い地獄をさせた奴を、もう友人だとは思っていない。俺が断れば、国王命令だとかなんだとか言ってきてっ！　前はあんな奴じゃなかった！」

「それだけ貴方のことを心配していたのですよ」

「不要な世話だ！」

貧乏揺すりをしながら目を怒らせる己の主人を見て、レオポールはふっと微笑んだ。その笑みはどこか出来の悪い弟を見るような優しさを含んでいる。

「でも、そのおかげでティアナ様に会えたじゃないですか。貴方の屈折しきったその性格に付いてきてくれる稀な女性です。大切にしてあげてくださいな」

「……レオ、屈折しきったとはあんまりじゃないか？」

「あんまりじゃありません。表現としてはとても控えめです。……あぁ、ティアナ様と言って思い出しました。ヴァレッド様、ティアナ様との約束はどうなったのですが？　そちらは貴方が自分でやっておくと言っていましたが」

レオポールが言う『ティアナ様との約束』というのは、もちろんザール達のことだ。

彼らのことは自分が何とかするから、もう教会に行かないでくれとヴァレッドがティナに言ったのは二日前。

進捗がどうなっているかとレオポールが聞けば、ヴァレッドは怒らせていた目をおさめて、机に肘をつけた。

「あの暴れていた子は昨日俺が病院に連れて行った。やはり薬物中毒だったらしい。その子から話を聞ければよかったんだが、今は記憶が混濁していて現実と妄想の区別がつかないと医師に言われた。話を聞くのはまだ先の話になりそうだ。他の子供達には今のところ異常は見られないからそのままだが、ティアナの名で食事の寄贈をしてきた。あれだけの量があればしばらく食うのに困るということはないだろう」

「とりあえず、子供達の身は大丈夫そうですね。けれど、ヴァレッド様がそこまで動いているとなると……」

レオポールの厳しい視線にヴァレッドもまた同意するように頷いた。

「あぁ、相手に俺が動いているということはもうバレているだろう。この二、三日で決着をつけないと逃げられる可能性が高い」

◆◇◆

青かった空が白み、その上から燃えるようなオレンジ色の光が地平線を彩る刻限。

ティアナは街の中にある菓子屋の前で、気前の良さそうなその店の女性と会話を楽しんでいた。

五十代ぐらいの笑顔が素敵なその女性は、エプロン姿のまま腰に手を当てて、ティアナににっこりと微笑みかける。

「ごめんなさいねぇ。おばさん、あんまりティアナちゃんの力になれなかったみたいで……」

ティアナもその店で買ったばかりの紙袋を胸に抱きながら、嬉しそうに声を弾ませていた。

「とんでもないです！　頂いたお菓子もとっても美味しかったですし、買ったバッテン・バーグも今から食べるのが楽しみでっ！　また買いに来ても良いですか？」

「もちろんだよ！　ティアナちゃんになら沢山オマケしちゃうからね！」

「とってもうれしい！　ありがとうございます！」

そう言いながら飛び跳ねると、ティアナの背後からカロルの鋭い声が飛んできた。

「ティアナ様！　早く戻らないと夕食に間に合いませんよ！」

「あ、はい！　今行きますわ！」

跳ねたその足で慌てたように踵を返せば、少し眉を寄せたカロルと、ティアナの護衛で付いてきてくれた一人の兵士と目があった。

ティアナはもう一度店の女性に頭を下げて、二人の元へ駆け寄る。

「ごめんなさい。マドロラさんのお話がとっても面白くて」

「で、成果はありましたか？」

「はい！　とっても美味しそうなバッテン・バーグを見つけましたの！」

そう言って、ティアナはカロルに紙袋を開けて見せた。中にはクリーム色の細長いケーキが、薄い紙のシートにくるまれて入っている。

バッテン・バーグというのは外国から伝わってきたケーキだ。

ケーキ全体が砂糖とアーモンドを挽いて煉り合せた餡のようなもので覆われていて、切れば断面がピンクと黄色のチェック柄になっている。

チェック柄を作る際に使用されたアプリコットジャムが程よく甘酸っぱくて、紅茶にとてもよく合うのだ。

ティアナは昔からこのケーキが大好きだった。

「カロル、後で一緒に食べましょう」

「誰が戦利品の披露をしろと……」

はぁ、と大げさに溜息を吐きながらカロルがじっとりとした目をティアナに向ける。その視線の意味に気づけないティアナは小首を傾げながら不思議そうな顔をした。

「もしかしてカロルはバッテン・バーグ嫌いでしたか？」

「甘いお菓子は好きですよ。ティアナ様、お菓子のことは良いですから、教会のことは何か聞けたのですか？　それが目的でこうやって城下町まで来たのでしょう？」

カロルが呆れたようにそう言うと、ティアナは合点がいったというような顔をしてから、首を横に振った。

その顔は先ほどとは違い、残念そうに俯いている。

「いいえ、また空振りですわ。今日一日、皆さんに話を聞いてまわりましたけれど、皆さんあまり教会のことはお詳しくないみたいですわね……。このままだと私、ヴァレッド様に呆れられてしまいますわ」

「大丈夫ですよ。また明日話を聞きに街まで降りましょう」

「……そうね」

俯いたティアナの脳裏に「こんなこともわからないのか？」と呆れ顔をするヴァレッドの顔が浮かぶ。

教会の秘密を暴き、ヴァレッドの力になることが目標だというのに、まだティアナはその一歩さえも踏み出せてはいなかった。

(ヴァレッド様のお役に立ちたいのに、この体たらくっ！　このままでは、ヴァレッド様の良き妻になることはできませんわ！)

脳裏に浮かんだ呆れ顔をするヴァレッドを、振り払うかのようにぶんぶんと首を振って、ティアナは拳を掲げた。

「神は乗り越えられない試練を与えないと聞きますわ。あのお優しいヴァレッド様も乗り越えられない試練など与えないはずです！　私は何が何でもあの教会の謎を解きますわ！」

「ヴァレッド様はティアナ様が大人しくしてくれるのを望まれているのだと思いますよー……」

聞こえるぐらいには大きく発したはずのカロルの声は、何故かティアナの耳に届かない。

カロルの言葉を無視した形になったティアナは鼻息荒く、決意を込めた目で沈む太陽をじっと見つめていた。

しばらくそうしていたからだろうか、護衛に付いていた兵士が「馬車に戻りませんか？」と問いかけてきた。

確かに、このままこの場で話していたらあっと言う間に夜になってしまうだろう。

その言葉に二人は頷き、街の外に停めてある馬車に向かって歩き出した。

その時だった。

「あ、ティアナさん！」

聞き覚えのあるその声にティアナはびっくりした顔で振り向いた。

そして、そこに立っている人物に、更に目をひん剝く。

「神父様！　どうしてここに⁉」

「ティアナさん、お久しぶりです。私は畑で穫れた物を売りに来たんですが、ティアナさんこそ何故ここに？」

人の良さそうな笑顔をティアナに向けながら、神父はそう尋ねてきた。

ティアナは予想だにしなかった神父の登場に、嬉しそうに顔を綻ばせる。

「私は調べものをしに来たのですわ。そんなことより神父様、ザール達は元気ですか？　変わりありませんか?」

「ええ、皆元気ですよ。ティアナさんが食べ物を贈ってくださったお陰で、最近は食べる物に困るということもありませんし……。本当にありがとうございます」

「え? 私、食べ物なんて……」

そう言いかけたティアナの脳裏にヴァレッドの顔が浮かぶ。

ヴァレッドがティアナとの約束を守ってくれたのだ。

そう理解した瞬間、頬と胸の両方がじんわりと暖かくなった。

「ヴァレッド様、ありがとうございます」

そう小さな声で呟けば、目の前の神父が首を傾げてティアナを見つめてくる。

ティアナはそれにはにかんだような微笑みを返した。

「ザール達が元気ならよかったですわ」

「ええ、何もかもティアナさんのお陰です。ただ……」

「ただ?」

「皆、ティアナさんに会いたがっていまして、刺繍を教えていただく件もそのままになっていましたし。明日にでもこちらに来られませんか?」

申し訳なさそうに眉を寄せる神父にティアナは思わず頷きそうになる。

しかし、それを何とか押しとどめて、ティアナは首を振った。

「すみません。当分そちらには……」

「そうですか。すみません。お忙しいティアナさんにご無理を言いましたね……」

しょんぼりと項垂れる神父にティアナの良心がチクリと痛んだ。

本当なら明日と言わず今日にでも赴いて、子供たちの元気な顔を見て帰りたいのだが、それをしてしまうとヴァレッドとの約束を破ってしまうことになる。

ティアナは苦渋の思いで「すみません」と小さく謝った。

「大丈夫です。お気になさらないでください。ティアナさんの顔を見れば皆元気になると思っただけですから……」

「……それは……」

「すみません。責めるような言い方になってしまいましたね」

「いえ……」

ティアナは申し訳なさから口を噤んだ。

それを見計らったかのように、神父が少し張ったような声を出す。

「あぁ、そうえいば！　今日はザールも街に野菜を売りに来ているんでした！　ティアナ様、ザールにだけでも会っていかれませんか？　すぐそこで待ち合わせなんです！」

「まぁ！　そうなのですか！」

「すみません。ティアナ様」

ティアナが弾んだ声を出した瞬間、その声は掛けられた。

その声の主は今まで沈黙を貫いていた護衛の兵士のものだった。

彼は低い声を出しながら警戒するように神父を睨む。

「ヴァレッド様より、そこの神父には気をつけるようにと言い渡されています。どうか、お耳を貸されないようお願いします」

「え？」

その言葉にティアナは信じられないという面持ちで神父を見る。すると神父は、困ったような顔をして少し苦笑いを浮かべた。

「最近、教会の近くで違法な植物の一部が見つかったらしいのです。公爵様は、もしかしたらその植物を栽培している者がいるのではないのかと、思っておられるのでしょう。そして、私はその容疑者の一人なのでしょうね……」

「そんな……」

少し寂しそうに目を伏せる神父にティアナは顔を曇らせた。

そんなティアナに神父は首を振る。

「いいのです。公爵様が私を疑うのは当然ですから……。私が容疑者ということなら、すぐそこだとしてもティアナさんをお連れするわけにはいきませんね。ザールには私から謝っておきます」

「……そうですね。よろしくお願いいたしますわ」

ティアナはしょんぼりと肩を落とす。

その様子に兵士も感化されたのか、咳払いを一つして先ほどより幾分か優しくなった声を出した。

「待ち合わせ場所が本当にすぐそこで、私がお側で警護しても良いなら許可しましょう。ただし、その男の半径五メートル以内には近づかないと約束できるなら、ですが……」

「出来ます！」

その兵士の言葉にティアナはこれでもかと喜んで見せた。

ティアナの様子に神父も目尻を下げてにっこりと微笑む。

「それでは行きましょうか。ここから五分もかからないところですから、距離の心配は不要ですよ」

「はい！」

そうティアナは元気に返事をした。


日が地平線にもうすぐ沈むだろうという時間帯に、ティアナはカロルと一緒に神父の後ろをついて歩いていた。

後ろには逞しい護衛の兵士の姿もある。

「ティアナ様、私から離れないでくださいね。侍女の方も……。私がいれば安全ですから、先に行きましょう」

そう優しい声色を出す兵士に頷きながら、二人は神父が曲がった路地を曲がろうとした。

しかし、ティアナはその先の道を見て途端に歩を止めてしまう。

きょろきょろと動かす視線には戸惑いと少しの恐怖が見て取れた。

「あの……本当にここを通るのですか？」

「はい。この先にザールが待っていますよ」

にっこりと微笑みながら神父は暗い路地を指さす。

そこは人一人が通れるぐらいの小さな道幅で、夜がもうすぐ迫ろうかという今は、足下さえも見えないような暗闇に呑まれていた。

今立っている路地も大通りから離れてしまっているのに、これ以上人混みから離れるのは嫌だと、ティアナは怯えた表情のまま少し首を振る。

「あの、別の道は……」

「ありますがザールが待っているので近道をしようかと。……もしかしてティアナさん、この暗がりで私が貴女に何かするとお思いですか?」

そう聞かれて、ティアナは一瞬頷きそうになった。

彼の表情はいつも通りにこやかだが、その瞳には影が差している。

辺りが暗いせいだと言われたらそうかもしれないが、ティアナは彼の妙に不気味な雰囲気に身を震わせた。

「いいえ。……ですが、私、今日はやめておこうかと思います。カロル、帰りましょう。護衛の方も」

震えそうになった声を整えながらティアナが身を翻した瞬間、その道を止めたのは護衛の兵士だった。

見上げてみれば優しい顔で「大丈夫です」とティアナをなだめにかかる。

「ティアナさん……」

心外だというように神父は寂しそうな声を出して小さく首を振った。

「私のような細腕では貴女の後ろにいるその兵士には到底敵いませんよ。公爵様だけでなく次期奥方の貴女にまで信用されてないなんて。私はどこまでも怪しく見えるのでしょうね……」

「あの、そういうわけでは……」

「なら、私を信じて付いてきてくださいませんか？」

「それはっ……」

人の良さそうな笑みを張り付けて神父はティアナに腕を伸ばした。

しかし、その腕は怯えたティアナには届かなかった。

カロルに勢いよくはたき落とされたからである。

パンッと小気味の良い音がして、神父の腕がだらりと垂れる。

そして信じられないようなものを見るような目で神父はカロルを見返した。

「貴方はどこでティアナ様が次期公爵夫人だと知ったのですか？　私たちは一度も貴方にそう名乗ってはいないはずです。ザールもヴァレッド様も、ティアナ様のことをそう紹介はしていない。なら、貴方はいったいどこでその情報を得たのですか？」

低い声を出しながらカロルはティアナと神父の間に身を滑らす。

そして守るように立ちはだかり、キッと睨みつけた。

「答えなさいっ！」

鋭い恫喝《どうかつ》に場の空気が震えた気がした。

ティアナもカロルのその剣幕に神父がやはり怪しいと思ったようで、身を堅くしたまま息を呑む。

しばらく短くて重い沈黙が続き、はっと短く息を吐き出すようにして神父が笑った。

おかしそうに口元を押さえて、必死に笑いをかみ殺しているように見える。

「私としたことが失言してしまいましたね。失礼しました。最近、公爵の手の者が何かと嗅ぎまわっているので、このまま捕らえて人質にしようと思ったのですが……、奥方は阿呆でも侍女の方は少々頭が回るみたいですね」

神父はそう言って口の端を引き上げる。しかし、その目は全く笑っていなかった。

細められた目の鋭さに悪寒が走る。

「じゃぁ、賢い侍女さんに教えて差し上げましょう。私はあの城に間者を放っていたのですよ。さすがに公爵の城ということもあって、素性が明らかなものでないと簡単には侵入できません。ですから私は素性が明らかで、なおかつ金に困ってそうな者にあたりを付けてスカウトしたのですよ。

そして、あなた方のことも含め、いろいろ情報を流してもらっていました」

「つまり、私たちのことは気づいていたと?」

「はい、もちろん。最初から気づいていましたよ。ザールがティアナさんを連れてきた時は、さすがに予想外すぎて驚きましたが……」

「きゃっ！」

その瞬間、ティアナの腕は後ろに捻り上げられた。

ぐっと腕を折らんばかりに押し上げるのは、先ほどまで彼女たちを守ろうとしてくれていた兵士だった。

その目は何も映さず黒く淀んでしまっている。

「ティアナ様に何をっ！」

カロルが慌てて駆け寄るが、そんな彼女の肩に兵士は重い拳をお見舞いする。

その瞬間、カロルは後ろに飛ばされ、壁にぶつかって座り込んでしまう。

彼女はそのまま意識を飛ばしてしまった。

「カロルっ！」

神父はそんなカロルを見て、笑みを浮かべたまま言う。

「次に貴女たちが城から出てくるようなことがあったら、私に報告の後、護衛としてついてきてくださいとその兵士にお願いしていたのです。本当に役立ってよかったですよ。最初、疑うようなことを言うから裏切ったのかとも思いましたし……」

「すみません。奥方には何も話していないとわかっていたのですが、公爵がこの侍女にどこまで話しているのかわからなかったものですから……。念のために一度は疑った方が信用してもらえるのではないかと思いました」

先ほどまで味方だったその兵士は無表情のままそう言い、ティアナの腕を捻りあげる。

そして更にティアナの口を片手で塞ぎにかかった。

声をだそうともがく度に、ティアナの腕はキリキリと捻り上げられる。

その痛みに彼女は歯を食いしばりながら小さく呻いた。

そんな間にも神父はティアナに話しかけてくる。

「時期をみて貴女を利用しようと思っていたのですが、そう思い立ったぐらいに貴女が来なくなってとても焦りましたよ？　貴女たちが使っていたあの城壁の穴。あの穴を作っていたのは実はこの男だったんです。先にザールに見つかってしまいましたが、本当はもう少し大きくして、私が使う予定だったのです。……貴女を捕らえるためにね」

「――――っ！」

にやりと薄気味悪く神父が笑う。

その顔はどこか悪魔のように見えた。

「……じゃぁ、連れて行きましょう。侍女は……そうですね、伝言係にしましょうか。この場で殺してメッセージでも添えとけば、公爵だって焦るでしょう？」

ティアナはその言葉に顔を跳ね上げ、自らの口を押さえている男の手のひらを思いっきり噛んだ。

その痛みに兵士姿の男は声を上げ、ティアナの口元から手を離し、その手でティアナの頬を張る。

肌と肌がぶつかる乾いた音がして、ティアナの口の端に小さく血がにじんだ。

しかし、その痛みにひるむことなくティアナは目の前の人物を睨みつけた。

「カロルを傷つけるのなら、私はこの場で舌を噛みきって死にます！」

今まで生きてきて一番大きな声が出た。少しでも気を抜けば、歯が鳴るほどに体が震えてしまうだろう。

それでも、姉のように慕う彼女を守らなくてはと、ティアナは必死に背筋を伸ばした。

彼らの狙いはティアナ一人だ。それならば、ティアナが傷ついてしまう事態は絶対に避けたいはずである。

「このっ！」

ティアナのその生意気な物言いに、腕を捻り上げている男が顔を赤くして拳を振り上げる。

よく見ればその手のひらからは血が滴っていた。

おそらくティアナが噛んだ時に出来た傷だろう。

ティアナはその怒りにまかせた一撃に耐えるように、ぐっと目をつむった。

しかし、その振り上げた拳は神父の声によって止められてしまう。

「良いでしょう。侍女の方には生きたままで伝言係になってもらいます。貴女が大人しく一緒に付いてきくれると約束できるなら、ですが……。こんなところで気絶した貴女を運んでいたら目立ちますからね。これは取引ですよ」

恐ろしいほどの微笑みを滲ませて神父がそう言う。

ティアナはそれにゆっくりと首肯した。

「それじゃ、行きましょうか」

そう言って神父はティアナの腕を引いた。

壁際で意識を失っているカロルに兵士姿の男がじっとりと張り付く。

ティアナが余計な真似をすればすぐにカロルを殺すぞという脅しらしい。

腕を引かれるままティアナは歩き出す。そうして、いつもの明るい声とは正反対の冷静な声を響かせた。

「ヴァレッド様が女嫌いということはご存じですか？」

今にも自分をさらおうとする男に対して丁寧すぎるその言葉に、神父は少し目を細めてティアナを見返す。

「知っていますよ。……それが何か？」

何を考えているんだ？　そう言いたげなその視線にティアナは目を逸らして振り返った。

その視線の先には、ぐったりと壁に凭れかかるカロルがいる。

「もしかしたら、カロルの言うことをヴァレッド様は信じてくださらないかもしれません。あの方は女性の言うことを何一つ信じてくれませんから……」

ティアナは震えそうになる声を堪《こら》えながらそう言った。

もちろんそれはティアナの本心じゃない。

カロルが起きてヴァレッドに助けを求めれば、彼はきっと信用してくれるだろう。

しかし、それだけでは彼らが教会に兵を送れないということをティアナは理解していた。

ティアナだって伯爵の娘だ。教会と国の状態は頭に入っている。

彼らが教会に兵を送るには、ティアナが確実に攫《さら》われたという証拠が必要である。

カロルの証言だけで兵を突入させれば、きっと後々教会側に付け入られる隙になるだろう。

自分がこのまま危ない目にあったり殺されたりするのは、怖いけれど仕方のないことだと思う。

それは自分が愚かだったのだし、信用する人物を間違っていたことが原因なのだから。

つまり自業自得という奴だ。

しかし、ティアナは教会の子供達をなんとしても救いたかった。

彼らが違法なことに手を突っ込まされているのなら、何か危ない目にあっているのなら、ティアナはそれを何とかしたかった。

「ですから、この髪を彼女に持たせてください」

ティアナは自分の肩で跳ねる髪の毛をそっと掬った。

その行動に神父は初めてティアナを警戒するような視線を送る。

「何を考えているんですか？」

「何も。ヴァレッド様が信用してくださらないと困るのは私も一緒ですから。カロルの言うことをヴァレッド様が信用なさらずにこのまま貴方たちの邪魔をし続ければ、私は殺されてしまうのでしょう？　……それは嫌なのです……」

両腕を胸の前に交差させて身を震わせるような仕草をすれば、神父は納得したように懐から小刀を取り出した。

鞘から出たその銀色の刀身を見て、冷や汗が伝う。

「その申し出、ありがたく受け取りましょう」

その言葉にティアナはわずかに安堵した。

彼らが国と教会の微妙な関係を理解していないとわかったからだ。

彼らの中で朽ちた教会を隠れ蓑に使ったのは、ただ単に都合がよかったからなのだろう。

決して彼らは国の裏情勢を利用しようと思ったわけではないようだった。

ヴァレッド達が兵を差し向けないのも、怪しいとは思っているが確固たる証拠が揃っていないから踏み込めないと思っているのだろう。

ティアナを拉致すれば教会が黒だとはっきりする。

それだけでは彼らにとってマイナスだ。

しかし、ティアナを人質にとってしまえばヴァレッド達が探りを入れることもなくなる上に、上手くいけば自分たちが仕事しやすいようにヴァレッドと交渉出来ると考えているのかもしれない。

なので、ティアナはもう一つ策を講じることにした。

「――っ」

ザクリと耳元で嫌な音がする。

それはティアナの髪を切る音だった。

木蘭色の綺麗な髪の毛が無惨にも一部切り取られる。

ティアナは目を瞑ってその音を耐えながら、胸元の赤いリボンを解いた。

そして、神父の持つその髪がバラバラにならないようにと巻き付ける。

「これで、ヴァレッド様はきっと信用してくださいます。ですから、私に無体な真似はしないでください」

いかにも哀れな貴族の女性に見えたのだろう。

神父は疑うことなくその髪の毛をカロルの方へ放り投げ、そして、嫌な笑みを浮かべながらもう一度ティアナの腕を引いた。

ティアナはそれに付き従いながら、心の中でヴァレッドに何度も謝るのであった。

第六章　ティアナの覚悟

「ティアナが攫われた⁉」

ぼろぼろになったカロルを出迎えたヴァレッドの第一声がそれだった。

先にカロルの手当てをしていたレオポールも苦い顔をして己の主を見返す。

夜はもうとっくの昔に訪れていて、月がきらきらと窓の外から城の内部を照らしていた。

カロルの話によると、ティアナが攫われてからもう三時間以上経過している。

城の玄関扉を入ったところでカロルは、手にティアナの髪の毛を握りしめながら目に涙を溜めていた。

それでも気丈にカロルは自分が覚えていることの詳細をヴァレッドとレオポールに説明する。

それをヴァレッドは眉間に皺を寄せたまま聞いていた。

その手は白むぐらい握りしめられている。

「兵士の中に間者が……。それにしてもお前達はなんて馬鹿なっ……！」

そう怒鳴りかけて、ヴァレッドは口を噤んだ。

結局は何も知らせずに事をすませようと思った自分の所為なのだ。

ティアナが神父のことを信用しているとヴァレッドは知っていたのに、神父に対する忠告も、自分が今から何をしようとしているのかも彼女に何一つ伝えなかった。

だからティアナは簡単に神父の言葉を信用して付いて行ったのだ。

しかも教会に来てほしいと言われた時、彼女はちゃんと断っている。

落ち度は何もかも自分にある。

ヴァレッドがそんな自責の念に駆られていると、レオポールがじっとりと重たい声を響かせた。

「でも、どうしますか？　ティアナ様が人質に取られた以上、証拠があっても簡単に踏み込めません。そもそも、カロルさんの証言だけでは証拠にならない可能性も高い。しかし、こうしている間にも……」

「……それは……」

ヴァレッドは口をへの字に曲げたまま床を見つめる。

正確に言うなら、ヴァレッドはティアナを助ける義務はない。

彼女とは結婚をする予定だっただけで、まだ婚姻したわけではないからだ。

ヴァレッドにとってティアナは赤の他人で、彼女が勝手に馬鹿なことをして捕まったのだと言えばそれでこの場は収まるはずだった。

彼女の両親が怒って来ても、同じような言葉で追い返せばいい。

公爵と伯爵の位はそれがまかり通るぐらいには開きがあるのだから……。

しかし、ヴァレッドにはその選択肢が一度も思い浮かばなかった。

ヴァレッドの思考回路はティアナを救い出す方向にしか回らない。

その時、ヴァレッドの視界にカロルの持つ木蘭色が目に入った。

「それは……？」

「近くに落ちていて……。きっとティアナ様のものだと思います」

カロルはそう言いながら心苦しそうにその手を開く。

するとそこには赤いリボンで括られているティアナの髪の毛があった。

その髪にヴァレッドとレオポールは息を呑んだ。

「これは……。ティアナ様、相当なお覚悟で……」

ヴァレッドの眉間の皺が更に深くなる。

目を怒らせたまま、彼は踵を返して声を張り上げた。

「今から教会に踏み込みに行く！　準備をしろ！」

その怒声のような声に、警備をしていた兵もバタバタと忙しなく動き出す。

「ま、まさか、ティアナ様を助けに今から乗り込むので？　確かにティアナ様が攫われたという証拠はありますが、ここは慎重に……」

「うるさい！　こんなものを残したんだ！　彼女は絶対に無茶をするに決まっている‼」

「それも、そうですね」

レオポールも口を真一文字に結んで立ち上がった。

その状況を理解できないのはカロルだけである。

彼女は混乱したまま立ち上がったレオポールの裾を引いた。

「どうして、急に……」

混乱したままそう口を開けば、レオポールは言いにくそうに下を向いた。

「カロルさん、貴女のお父様の爵位は？」

「男爵ですが……。それが何か？」

それを聞いて、レオポールは一つ息を吐き出した。そして、ゆっくりとカロルを見返す。

「なら、貴女にはあまり馴染みがないかもしれませんね。……伯爵以上の、国王から土地を与えられている貴族はそれぞれに皆恨みを買いやすい。それは土地を治め、税を徴収し、その街の犯罪者を取り締まる権限を与えられているのだから当然といえば当然です。それ故に、その親類縁者は常に危険と隣り合わせだった。国が安定している今でこそあまりないですが、昔は外を出歩けば攫われたり、傷つけられたりと、色々大変だったそうです」

「……攫われたり？」

カロルの目がぐっと見開かれる。レオポールはそれに首肯してみせた。

「はい。しかし、いくら親類縁者が攫われ、脅されようが、領主はそれに屈するわけにはいきません。ですから、貴族の娘や奥方が外に出る時は赤い紐で括った髪を城に残していったそうです。もちろん、その場で切るのではなくて、そういうものを常日頃から準備しているのでしょうけど……」

「どうしてですか？　どうして髪の毛を？」

「遺髪ですよ」

「遺髪？」

オウムのようにレオポールの言葉をくり返したカロルの顔がだんだんと青くなっていく。

そんな彼女にレオポールはトドメの言葉を放った。

「『私のことなど捨て置いてください』。そういう意味ですよ」

◆◇◆

「じゃぁ、ここに入っていてくださいね」

そう言ってティアナが案内されたのは教会地下の一室だった。

暗く、じめじめとした石壁を蝋燭の光が照らしている。古びた机と、腐りかけた椅子、本がほとんど入っていない本棚がティアナを迎えた。

狭いわけではないが、窓もない閉鎖的な一室に背中を押されるようにして入れられる。

拘束されている両手がキリキリと痛かった。

それでも後ろ手ではなく、前で拘束されているのは大変にありがたい。

ティアナをその部屋に入れた後、神父は部屋を出ていき、外から施錠した。ガチャリという錠が落ちる音と共に広がったのは、途方もない静寂だった。

「さて、これからどうしましょうか」

ティアナは腐りかけの椅子に腰掛け、周りを見渡した。

脱出に使えそうなものは何もなさそうだ。少し気落ちしたように息を吐くと、背後で衣擦れの音がした。

「ティアナ？」

直後、背後で聞き覚えのある声がする。

ティアナは声のした方向へ振り返ると、その大きな目を更に大きく見開いた。

「ザールっ……！」

「ティアナだ！　やっぱりティアナ！　何でこんなところに⁉」

駆け寄ってきたザールはひどい有様だった。

腕は後ろ手に括られており、頬と足には痣を作っている。それでも彼は腫れた頬を持ち上げて嬉しそうに笑った。

ティアナも突然の再会に一度は笑みを浮かべたものの、ザールの痛々しい有様にぐっと息を詰まらせる。

「大丈夫ですか？　何故こんなことをっ！」

「それは、……俺が神父様とヤバそうな男の話を聞いちゃったからだと思う」

「話？」

ティアナの返しにザールは目を伏せたまま一つ頷いた。

「神父様は前々から俺たちに隠し事をしているみたいで、俺、気になっていたんだ。それで一昨日の夜、後をつけて行った先で神父様が変な男と話しているのを聞いちゃって……」

ザールの話によると、神父は前からコソコソと一人で出かけることが多かったらしく、彼は常々不審に思っていたらしい。

一昨日の夜、一人静かに部屋から出て行く神父の後をつけて行った先で、神父と怪しい男の密会現場を目撃した。

たどり着いた場所は奥の畑にある農機具小屋前で、神父は明かりを灯すこともなく畑に栽培されている葉の取引を始めたというのだ。

「男と神父様は俺たちが育てていた麻の取引話をしているみたいで、葉を取り出して一キロ幾らだとか、どのぐらいの効き目があるかとか、いろいろ話し合ってた。あと、街の路上市場で売る、とか。試す、とか。……そこで俺たちが育てていたものが育てちゃダメなものなんだって初めて知ったんだ。んで、俺はちび達や仲間にそれを知らせようとした。だけど、知らせる前に捕まっちゃって……」

この有様なのだとザールは肩をすくめた。

「ティアナも大丈夫？　身体は何ともなさそうだけど、髪が……」

心配するような視線をザールはティアナに向けた。

その視線の先には斜めに切りそろえられた後ろ髪がある。

全体がそうならまだ見られるかもしれないが、ティアナの場合は後頭部の右半分だけがそんな状態なのだ。

ティアナはそんなザールの頬を、括《くく》られた手で撫でながら安心させるようにゆっくりと微笑んだ。

「大丈夫ですわ。髪なんてまた伸びてきますもの。それに、傷んでいた毛先を切り落としたと思えば何とも思いませんわ。最近、櫛の通りが悪いと思っていましたの。ちょうど良い機会でしたわ」

ザールはティアナのその言葉に表情を少し柔らかくした。

「ティアナって変なところだけ前向きだよね。強いし。こんなことになってもあんまり動じてないみたいだし。……もしかして、助けが来るのを信じているから？　あのおじさん強かったもんねー」

「おじさん？」

聞きなれない響きにティアナは首をかしげる。

するとザールは途端に不機嫌な顔になり、唇を尖らせた。

「あのティアナと一緒に来た黒い人！　目つきが悪くて、仏頂面な……。たぶんティアナと結婚する人……」

「もしかして、ヴァレッド様のことですか？」

そう、それ。とザールは頷く。

機嫌の悪い彼の様子に首をかしげながら、ティアナは苦笑いを浮かべた。

「助けは、……どうでしょう。正直、あまり期待はしていません。来てほしいという気持ちはありますが、現状を考えると難しいでしょうし。それに、きっとご迷惑でしょうから……」

ティアナが残したのは〝遺髪〟であり、神父が彼女をかどわかしたという〝証拠〟だ。

つまりそれを受け取ったヴァレッドは教会に突入することも、彼女を見捨てることも、どうとでもできてしまう。

だが、ティアナはヴァレッドが助けに来る未来がどうにも頭に浮かばなかった。

ヴァレッドのことは優しい人だと本気で思っているし、ティアナが困っていれば助けてくれるだろうとも思っている。

しかし、彼はこの大きなテオベルク地方の領主なのだ。

結婚もしていない女性のために教会に兵を送るなど、どうにも考えにくい。

ティアナはもう生きてヴァレッドに会えないかもしれないとも覚悟していた。

(それでも、この子たちだけは助けなくてはいけませんね)

そんな決死の決意をしているときだった。

「来るよ」

「え?」

ザールの断言にティアナは目を瞬かせる。

「絶対に来る。子供相手に本気で喧嘩売るような奴だからさ、アイツ」

「ケンカ?」

「そう。本当に大人げないから、あのおじさん……」

最後の方は呟くようにそう言った。その顔は拗《す》ねているようにも見える。

「だからさ、ティアナ安心して! ちゃんと助けに来るよ。大丈夫!」

その心強い言葉に、ティアナは胸が温かくなった。

本当にそうなら、とても嬉しい。

ティアナはヴァレッドが助けに来てくれる未来を想像して、苦しくなった。

「あーぁ、俺も強くなりたいなぁ！　そしたらティアナと一緒にこんなところからすぐ逃げ出すのに！　それで、みんなも助けてさー……」

「ザールは今でも十分強い子じゃないですか。それに、私がこの状況で泣かないでいられるのはきっとザールが居てくれたからですわ。ありがとうございます、ザール」

ティアナの素直な言葉にザールは嬉しそうにはにかんだ。

そして、先ほどよりは幾分か元気を取り戻した声を出す。

「お礼を言うのは俺の方だよ。捕まった時、俺、最初は殺されそうだったんだ。だけど、殺されなかった。それはティアナのお陰だよ。俺とティアナが仲良かったから、いずれは俺を使ってティアナをおびき寄せるつもりだったらしい。だからまだ殺せないって神父様は言ってた」

そう言って伏せた瞳は途端に陰る。

仲間のことを思い出しているのだろう、ザールは辛そうに眉を寄せ、下唇を噛みしめていた。

そんなザールを励ますようにティアナはそっと耳元で囁いた。

「ここから一緒に逃げましょう。もちろん、みんなも救って！　だから協力してください、ザール」

「もちろんだよ！」

ザールは力強く頷いた。

二人はまずこの部屋に見張りが居るのかどうかを探ることにした。

扉に耳をぴったりとくっつけて外の物音を探る。

そして、扉の前に見張りが居ないことを確認した後、二人は作戦会議を始めた。

ザールの話によると、この部屋には一日に一回夜に、男が食事を持って来るらしい。

それは神父とは別の男で、ガタイが良い褐色の男なのだそうだ。

子供相手だと油断をしているのか、手首を括られているから何もできないと踏んでいるのか知らないが、男は武器のような物を一切持たず、食事を運んでくるのだという。

だから脱出を狙うのはその一瞬しかないとザールは言うのだ。

「脱出するって言っても、まずこの腕のロープを何とかしないとね。ティアナは何かナイフみたいなもの……持っている訳ないか……」

諦めたようにザールはそう言う。

ティアナは少し考えるそぶりをした後、おもむろに自分の眼鏡を外した。

「ロープが切れればいいんですわよね？」

「うん。何かその眼鏡に秘密があったりするの？」

ザールが不思議そうに首を傾げている。

それを目の端に留めながら、ティアナは自分の眼鏡を思いっきり石壁に叩きつけた。ガラスが割れる音と共に、眼鏡のレンズがバラバラになる。

「眼鏡のレンズはガラスですから。こうすればナイフみたいになります」

レンズのかけらを持ちながらティアナは微笑む。

そんなティアナの様子にザールはあんぐりと口を開けて固まっていた。

それもそうだ。オーダーメイドが必要な眼鏡は高級品だ。

しかも常時眼鏡を掛けているところから見て、彼女は目が悪いのだろう。

なのに、それを補助するための眼鏡を彼女はなんの躊躇もなく割ったのだ。

「ティアナ、目は大丈夫なの？　ちゃんと見える？」

顔をのぞき込みながらザールは心配そうな声を出す。

しかし、その憂いを払拭するようにティアナは一つ頷いた。

「私、実はそんなに目が悪いわけではありませんの。これは私を可愛がってくださったお婆様の形見の品なのです。レンズの部分だけただのガラスに替えて私がつけていましたの」

そう説明をしながらティアナはザールの背中に回り、彼のロープを切りにかかる。

ギリギリと繊維が切れる音を聞きながらザールは少し申し訳なさそうな顔をした。

「ごめん。そんな大事なものなのに……」

「いいえ。こんなことになったのはザールのせいじゃありませんもの。謝らないでください。それに、きっとお婆様は私のピンチを救うために、この眼鏡を残したのですわ。それが役立ってよかったです！　……さぁ、切れました。ザール、ロープは解けますか？」

ザールが身じろぎをするとシュルシュルとロープは解けていく。そして、解放された手首をそっと撫でながらザールはティアナに向き合った。

次いで、ティアナのロープも解こうと屈んだところで、ザールはその視界に映ったものに険しい顔をした。

「ごめんティアナ、手……」

「大丈夫ですわ！　このくらい何ともありません」

ティアナの手はロープを切る時に力を入れたためか、ガラスの破片と一緒に血で真っ赤に染まっていた。

◆◇◆

ティアナが攫われてから四時間が過ぎた。

空には星が瞬き、月が優しく辺りを照らす。

そんな夜中にザールとティアナの二人は脱出作戦を決行しようとしていた。

「ティアナ、準備いい？」

「はい」

ザールとティアナは部屋で息を潜めながらじっと足音を探る。

ティアナは扉のノブを持ったまま固まり、ザールは扉の前で椅子の上に立ちながらもう一脚の椅子を振り上げていた。

遠くからカツカツと石を蹴る音が聞こえてきて、二人は身を震わせる。

作戦は簡単だ。男が食事を運んできた瞬間にティアナが扉を思いっきり引く、そして男がバランスを崩した瞬間にザールが椅子を頭に振り下ろし、相手を気絶させるという作戦だ。

手のひらに冷や汗が滲む。

口を真一文字に結んでティアナはその時を待った。

扉のノブが回る。数センチ空いた扉を確認して、ティアナは渾身の力で扉を引いた。

その扉の動きに引かれるようにして、褐色の男がたたらを踏みながら部屋に転がり込んできた。

ザールがその頭に腐りかけの椅子を振り下ろす。木が割れる音が部屋に鳴り響き、椅子が壊れると共に男が床に沈んだ。

ちなみに二人の食事だったであろうパンは部屋の隅にまで転がってしまっている。

倒れ込んだ男を挟んでザールとティアナは互いに目を見合わせた。

そして、確認するようにザールが椅子の脚で男をつつく。

「え？　成功？」

「……みたいですわね」

二人はごくりと同時に生唾を呑み込む。

じんわりと達成感が胸に広がり、二人は互いに手を取り合った、その時……。

「……ぅ」

男が小さく呻いて頭を降った。

どうやら衝撃が弱かったらしい。

ティアナの背筋がぞくりと粟立った。

「きゃぁあぁぁあ‼」

「がぁっ……」

恐怖のあまりティアナは、叫び声を上げながら男を蹴り上げてしまう。

その重い一撃が顎に直撃して、男は泡を吹きながら沈黙した。

「うわー……」

若干引いた様子のザールが半眼でティアナを見つめる。

ティアナは自分のしてしまったことに気が付いていないようで、いつの間にか再び気絶してしまった男を見ながら首を傾げていた。


地下の部屋から無事脱出できた二人は、そのまま子供たちが眠る宿舎へと走っていく。

本来ならまだ寝る時間ではないのだろうが、この孤児院では蝋燭の節約のために日が沈んだら眠り、日が昇ったら起きるという生活をしているそうだ。

全く警戒していないのか、他の子供達に怪しまれないようにするためなのか、地下の部屋から宿舎へと行く道に人の気配はない。

どうやら見張りの人間などは置いていないようだった。

たどり着いた宿舎の部屋の中で子供達はゆっくりと眠っていた。

この部屋から神父の私室は目と鼻の先だ。できるだけ騒がしくしないようにこの部屋から子供を出さなくてはいけない。

二人は比較的年齢が上の子供達から起こしていった。

軽く揺さぶり、時には頬を叩いたりして、順々に子供達を起こしていく。

当然、起こされた子供達は状況が呑み込めず、頭の上に疑問符を浮かながら起きあがったが、それでも二人の指示に従うように、声を潜めて行動も最小限にしてくれた。

小さな子供達は年齢が上の子供達が背負って歩き、背負うほどでもない子供達ははぐれないようにお互いの手を握らせた。

そして、子供達は列を成して脱走を開始する。先導するのはザールだ。ティアナは殿《しんがり》を務める。

ティアナは一刻も早くこの場所から子供達を逃がしたかった。

このままこの教会に残ればいつ何時、神父らに利用されるかわかったものではない。

ザールが殺されかけたところから見て、命を何とも思わない連中だということは確かだろう。

ここを逃げた後のことは考えていないが、街の中にも孤児院はある。

そこに行けば悪いようにはされないだろう。

そうティアナは考えていた。

それをザールにも伝えてあるので、彼はこのままちゃんと街へ歩を進めてくれるはずである。

（無事に逃げられそうですわね……）

ティアナがそう安心した矢先だった。

「ねぇ、ティアナおねぇちゃん、私たちどこ行くの？」

その声は石造りの廊下によく響いた。

声の主は子供達の中でも一番小さなエルネットだ。

大きな子供の背におぶわれた少女は目をこすりながら首を傾げる。

「今から楽しいところへ行くの。だから不安にならなくても大丈夫。それと、あまり大きな声は出しちゃだめよ。お願いだから……」

そう囁きながらティアナは少女の頭を撫でた。同時に神父の部屋へと視線を送る。

しばらく見つめてから、ティアナは安心したように息を吐いた。

神父の私室の扉は堅く閉じられていて開く気配がない。

それでも安心できないティアナは子供達を急かしながら歩を進める。

その時――

「誰か起きたのですか?」

神父ののんびりとした声が廊下に響いた。

前までは安心できていたその声がひどく恐ろしいものに聞こえる。

蝋燭もない廊下に神父は顔をのぞかせ、辺りを確認していた。

ティアナは逃げ出したとバレないように子供達を廊下の角へ押しやり、神父の視界から完全に消す。そして、子供達の部屋へと歩を進める神父に駆け寄った。

そのまま横を通り過ぎる。

月明かりだけが頼りの廊下で二人は交差する。

その時、神父が息を呑んだ。

「あなたはっ――――！」

その声を背に受けてティアナは振り返ることなく走り去った。

神父は子供達の部屋を確認することもなくティアナを追いかけ始める。

これで、子供達が逃げたと知れるのはもう少し後になるだろう。

ティアナはそう安堵しながらも、今にも追いつかんばかりの神父の存在に焦っていた。

ティアナの運動神経は決して悪くない。

屋敷の敷地内から出してもらえなかった頃、何度も外の様子が見たくて敷地内にある木に登ったものだ。

他の貴族然としている女性よりは動ける自信がある。

しかし、相手は男だ。

彼がいつもの白いダルマティカを着ているなら話は別だが、動きやすい寝間着を着ている神父はそれなりに速かった。

角を何度も曲がるようにして、ティアナは神父を倦《ま》こうとする。

しかし、完全に倦いてしまって神父が子供達の部屋を確認しに行ってはいけない。

なので、ティアナは上手く囮《おとり》になるように、見つかっては隠れ、隠れては見つかり、を繰り返した。

そして、二十分以上もその追いかけっこを続け、気が付いた時には――……。

沢山の男たちがティアナを探しているという緊急事態へと発展していた。

神父が呼んだであろう男たちはみな一様に屈強そうな体つきをしていた。

彼らは教会の敷地内をくまなく探し回っている。

ティアナは物陰に隠れながらいつ見つかるのかわからない恐怖に身を竦ませた。

もう、子供たちも遠くに行っただろうし、ティアナの囮の役割も終わった。なのでティアナも、この教会の敷地内から早く出たいと思っているのだが、状況がそれを許してくれない。

(ど、どうしましょう……)

捕まった後のことを考えてしまったティアナの身体がブルリと震える。

きっと無事ではすまされないだろう。そんなことは彼女が一番わかっていた。

なので、彼らに見つからないようにティアナはゆっくりと敷地から離れようとする。

ゆっくりと、一歩ずつ確実に、ティアナは敷地の外を目指した。

そして、あと少しで敷地の外に出られるというところまで来て、ティアナは街道の奥に小さな松《たい》明《まつ》を見つけた。

それも一つや二つといった数ではない。

多くの松明が一列を作って教会を目指しているのだ。

(ヴァレッド様!)

その瞬間に心臓が飛び跳ねる。まるで長年会っていない恋人を見たかのように、ティアナはヴァレッドに会いたくてたまらなくなった。

その気の緩みがいけなかったのだろうか、ティアナは置いてあった金属のバケツを蹴ってしまう。

けたたましい音に男たちはティアナの存在に気づいた。

そして、すぐさま彼女を捕らえんと駆け寄ってきた。

咄嗟にティアナは木陰から飛び出した。

瞬間、目の前に賊が立ちはだかる。ティアナは視線を巡らせた後、生唾を呑み干した。

(これは、絶体絶命というやつでしょうか……)

じりじりと間合いを詰められてティアナは額に脂汗を滲ませた。

振り返れば後ろにもガタイのいい男が二人、ティアナを捕まえんとにじり寄ってくる。

松明の灯りは未だ遠くで光っていて、助けはまだまだ期待できなさそうだ。

絶望的な気分になりながらティアナが身体を震わせた時、突然背後から雄々しい声が聞こえてきた。その声と共に数十人の男達が教会の敷地内に駆け込んでくる。

男達は皆一様に兵士の格好をしていた。

見覚えのある格好にティアナは息を呑む。

そして、ティアナを囲っていた賊達を瞬く間に捕まえて縛り上げていった。

「一人たりとも逃がすな！　ジルベール隊は奥の畑に行き、今すぐ証拠を確保しろ！」

その声にティアナは思わず振り返った。

兵士達がなだれ込んできたその先に、ひときわ黒い影がある。

それはヴァレッドだった。

脹《ふく》ら脛《はぎ》まである黒い外套を羽織った彼は、厳しい顔つきで声を荒らげていた。

そして、兵士達に指示を飛ばしながら首を左右に振って何かを探すような素振りをしている。

ティアナはその光景に釘付けになった。

「ヴァレッド様……っ」

「ティアナ様っ！」

ヴァレッドの名をティアナが呟いた時、彼女の肩を誰かが摑んだ。

そして、馴染みのある声を耳朶に響かせる。

ティアナがその声のした方へ顔を向けると、息を切らせたレオポールが片眼鏡をずらしながら安堵の笑みを浮かべていた。

「よくぞご無事でっ！」

「レオポール様っ！」

見知った顔に会ったからか、ティアナは一気に表情を崩した。

腑抜けたような笑みを浮かべて、肩に置かれたレオポールの手を取る。

「あ、あの、申し訳ありません！　ご迷惑をかけてしまいました……っ！」

少し泣きそうな声色でそう言えば、レオポールはとんでもないと頭を振った。

「いいえ、貴女のお陰でこうして教会に乗り込むことが出来ました。それに謝るのは私たちの方で
……本当にご無事で何よりでした」

両手でティアナの手を包み込みながらレオポールは何度も頷いてみせた。

彼の様子にティアナは申し訳なさと嬉しさを顔いっぱいに滲ませる。

そして、弾かれるように顔を上げた。

「子供達はっ！　子供達は無事でしたか⁉」

「はい。後続隊が保護しています。カロルさんもそちらに居られますよ」

いつもの柔和な表情になったレオポールは街道に並ぶ松明の光を指さす。

ティアナが見ていた松明の明かりはどうやら後続隊のものだったらしい。

彼女は再び表情を緩めてその場にへたり込んだ。

「ティアナ様、大丈夫ですか⁉」

「安心したら、なんだか足が震えてきてしまって……」

慌てるレオポールにティアナは身体を震わせながら苦笑いをした。

今更ながらに恐怖と疲労が一気に襲いかかって来る。

足腰が立たない自分の状態にティアナが「情けないですわね」と肩を落とせば、突然背後に人の気配がした。

レオポールもティアナの背後に視線を留めている。

しかし、その顔は先ほどの安心したような笑みとは真逆で、なんだか青黒い。

まるで化け物にでも遭ったような表情だ。

その表情につられるようにティアナも背後に視線を向ける。

そこには先ほどまで兵士に指示を出していたヴァレッドがいた。

その姿に、ティアナは喜びで一瞬泣きそうになる。

ヴァレッドに会えた喜びで胸がいっぱいになったが、彼の表情を見ていつもの跳ね上がるような声はのどの奥に引っ込んでしまった。

その代わりに出たのは、溜息のような情けない声だった。

「ヴァレッド様……」

彼の表情はほとんどないに等しかった。

唯一、読み取れた感情は怒りだ。ティアナはそれが誰に向けられているのか理解して、俯いたまま視線を泳がせた。

「も、申し訳ありません……ヴァレッ――ひゃぁあっ！」

ティアナが謝罪の言葉を言い終わる前に、ヴァレッドはティアナの膝裏に腕を回し、ティアナを抱え上げた。

「ヴァレッド様っ‼」

「レオ、後の処理はジルベールに任せた。お前は後続隊の過分兵力を率いて帰ってきてくれ。俺は先に戻る」

レオポールの非難する声にヴァレッドは淡々と言葉を紡いだ。

それがどうしようもなく恐ろしい。

ティアナは落とされないようしがみつきながら、初めて感じるヴァレッドへの恐怖にゴクリと喉を鳴らした。

ヴァレッドはティアナを抱えたまま踵を返す。

しかし、それを止めたのは青い顔をしたレオポールだった。

「ヴァレッド様、冷静に、冷静に話し合いをしてくださいね！　その目っ！　その濁った目を今すぐ元に戻してくださいっ！」

「うるさい。俺は冷静だ」

「そんな顔で『俺は冷静だ』と言われても信じられるわけがないでしょう！　貴方のそれは頂点に達した怒りが一周回って落ち着いただけですよ!?　私もすぐ戻りますから、早まったことは絶対にしないでくださいね！」

レオポールのその言葉にヴァレッドは鼻を鳴らしただけだった。

そして、目の前に立つレオポールの脇を通り、彼はティアナを抱えたまま教会を後にしたのだった。

暗い夜道をティアナはヴァレッドに抱えられたまま進んでいく。

互いに口を噤んだまま、視線さえも交差しない。そんな状態がもう十分以上も続いていた。

そんな永遠に続くかのような重苦しい沈黙を最初に破ったのは、他でもないティアナだった。

「ヴァレッド様、すみませんでした」

申し訳なさそうに頭を垂れるティアナを一瞥して、ヴァレッドは目を細めながら低い声を出す。

「君のその謝罪は何に対するものだ？」

「何に、ですか？　それは、勝手に行動してご迷惑をかけてしまったことに対して……」

「そんなことはどうでも良いっ！」

ぴしゃりとそう断じられてティアナは身体を震わせた。

未だかつてヴァレッドがこんなに怖く見えたことはない。

ティアナは頭をフル回転させながら、彼が怒っている原因を考えた。

「……私がヴァレッド様との約束を破って教会にいたからですか？」

「教会にいたのは無理矢理連れてこられたからだろう！　俺がそんなことで怒ると思うのか⁉　馬鹿にするのも大概にしろ！」

その瞬間に射殺《いころ》すような視線がティアナに向けられる。

ティアナは困惑したまま次の言葉を探したが、どうにも答えが見つからない。

黙ってしまったティアナから視線をはずし、ヴァレッドは先ほどよりも冷静な、それでも怒りを含んだ声を響かせた。

「俺は、君が残した髪に対して怒っているんだ」

「髪……。あ、遺髪のことですか？」

どうしてそんなことで？　そう言わんばかりの驚いた顔をしてティアナは首を傾げた。

その瞬間、彼のアメジスト色の瞳が一瞬にして怒りの色へと姿を変えた。

眉間の皺を更に深く刻んで、眉尻を跳ね上げたヴァレッドがティアナに向かって声を荒らげた。

「何であんなことをしたっ！　俺の助けがそんなに信用できなかったのか⁉　あんなものを残さないと俺が教会に乗り込まないとっ！」

「そういうわけでは……。ただ、私の存在がご迷惑になってしまうぐらいなら、死んだものとして扱ってほしいと……」

「扱えるわけないだろうっ‼」

ティアナがカロルに託した髪は〝遺髪〟だ。

つまり、自分は死んだものだと思ってほしい。

迎えに来なくても、見捨ててもいい。

そういう意味だ。

怒声を上げげたヴァレッドの左手がぐっとティアナのスカートを握りしめる。

あまりにも力を込めているためか、その手は白み、小刻みに震えていた。

「ヴァレッド様……」

「君は……、君は自分の置かれた状況を理解していないっ！　あんなものを渡されたら、俺は君を見捨てることも出来てしまうんだぞっ！」

ヴァレッドは顔を真っ赤に怒らせたまま怒鳴り上げた。

ティアナは唖然としながらも、その言葉を受け止める。

そして申し訳なさそうに視線を落とした。

「君は俺が見捨てても良かったというのか⁉　自分の命はどうでも良いと？　君のその性格は本当に嫌になるっ！」

「すみません……」

しょんぼりと肩を落としたままそう言ったティアナにヴァレッドはバツが悪そうな顔をする。

そして、先ほどよりは怒りを抑えた声を出した。

「……君が無事で良かった」

そのまま二人は会話もなく街道を進んだ。

途中で待機していた後続隊と合流することもなく、ヴァレッドはティアナを抱えたまま城を目指す。途中でティアナは大丈夫だから下ろしてほしいと何度も言ったのだが、ヴァレッドがその言葉に耳を貸すことはなかった。

そしてとうとう城に到着し、結局、部屋の前までティアナはヴァレッドに抱えられたまま帰ってきてしまったのである。

部屋の扉の前に下ろされたティアナはヴァレッドの服を摑んだまま不安げに彼を見上げた。

ヴァレッドはまだどこか怒っているような難しい表情をしている。

「こんなところまで、ありがとうございます」

ティアナがそう言いながら頭を下げると、ヴァレッドは短く「あぁ」と返事をしただけだった。

そして、自分の服を摑んでいたティアナの手をそっとはずした。

その瞬間、ヴァレッドの眉間に再び皺が寄る。

そして今まで以上に低い声を廊下に響かせた。

「なんだこれは？」

「これ？　あぁ、ロープを切る時に切ってしまって……」

すっかり血の乾いた手のひらを眺めた後、ティアナははっとしたように顔を上げてヴァレッドの衣服を調べ始める。

「もしかして、お洋服に私の血が付いてしまいましたか？　すみません！　考えが至らず、しがみついてしまってっ！　こんなにお高そうな外套なのですから、血でも付いたら大変ですわ！」

「……服なんて今はどうでも良い。手を見せてみろ」

服を調べるティアナの手をやんわりとどかし、ヴァレッドは怪我した方の手首を捕まえた。そして、その傷口をしっかり確かめる。

「痛かっただろう？　怪我をしているなら、もっと早くに言ってくれ。今から侍女を呼んでこようと思っていたが、医者も呼んでおく。それと、髪も整えた方が良いな……。明日専門の者を城に呼ぼう」

その労るような声にティアナは思わず首を振った。

「そんなっ！　もう皆様お仕事の時間ではないですし、このぐらいはかすり傷ですわ。治療は明日で大丈夫です。それに、ヴァレッド様は侍女の方とお話しされるのは嫌なのでは？　それなら、自分で……」

「だめだ」

「でも」

「君の言い分は聞かない」

ぴしゃりとそう告げられてティアナは思わず首をすぼませた。

落ちてくる声は淡々としているが、そこには隠し切れない苛立ちが見て取れる。

ティアナは地面を見ながら小さく声を出す。

「それならせめて、私が直接お医者様のところへ行きますわ。こんな夜更けに呼びつけるのは申し訳なくて……」

「なんで君はいつもそうなんだっ！」

「────っ！」

ヴァレッドはティアナの言葉を遮るようにそう声を荒らげた。

そして、怒声と同時にティアナの背後にある扉を殴りつける。そのまま、彼は叩きつけるように言葉を続けた。

「どうして、君はいつも自分が二の次なんだっ！　俺のことなど気にするなっ！　医者にも侍女にも今は甘えておけっ！　君は仮にも〝女〟だろう⁉　どうしてもう少し図々しく出来ないんだっ！　俺がどれだけ心配して……っ！」

そのままぐっとヴァレッドは息を詰める。

扉を殴りつけていた手を退けると、放心状態になってしまっていたティアナから距離をとった。

「ヴァレッド様、心配をおかけしまして……」

「今は君の顔なんて見たくないっ！　君に付き合っていると頭がおかしくなってしまいそうだ」

その言葉に、ティアナは肩を跳ね上げた。そして、息を止めたままヴァレッドを見つめる。

ヴァレッドはそんなティアナの視線から逃れるように顔を背け、踵を返した。

「しばらく声を掛けてくるな」

「……はい」

去っていくヴァレッドの後ろ姿を眺めながら、ティアナは肩を落とした。

視界が霞み、鼻の奥がツンと痛む。

「……嫌われてしまいましたね」

そう一人ごちると共に、ティアナは自室に戻っていった。

◆◇◆

「なんであんな事言ったんですか？」

その咎めるような声はレオポールのものだった。

医者と侍女をティアナの部屋に向かわせた後、ヴァレッドは自分の後をつけるように物陰に潜んでいたレオポールを見つけたのだ。

物陰から出てきたレオポールの機嫌はすこぶる悪い。

「何の話だ？」

「ティアナ様に『しばらく声を掛けてくるな』っておっしゃっていたじゃないですか。アレのことです」

「……どこから見ていた？」

ヴァレッドが自室に入りながら不機嫌そうな声を出す。

レオポールはそれに付き従いながら、当然のごとく部屋に自分も入り、後ろ手で扉を閉めた。

「『どうして、君はいつも自分が二の次なんだっ』辺りからですかね。怒鳴り声がして、駆けつけた時にはもうすでに事は終わっていました。私が割って入る隙なんて微塵もありませんでしたよ。……で、どうするんですか？　ティアナ様を故郷に帰して、また花嫁探し再開ですか？」

「そんなことするわけないだろう！」

レオポールの言葉にヴァレッドはそう吠えた。

「それならなんで、『顔なんて見たくない』やら『しばらく声をかけてくるな』やら言ったんですか？私がティアナ様なら今すぐにでも故郷に帰る案件ですよ？」

「俺は『しばらく』と言ったんだ。『ずっと』とか、『今後一切』というような意味で言ったわけじゃない！」

「貴方にとってはそうかも知れませんが、普通アレは離別の言葉ですよ。どうするんですか？　ティアナ様が勘違いして故郷に帰られたら……」

レオポールのその言葉にヴァレッドの蟀谷《こめかみ》がぴくりと反応する。

そして全てを吐き出すように息を吐いた後、髪をがしがしとかきむしった。

「今はそれより結果を報告してくれ」

「貴方のその仕事に逃げる癖、何とかなりませんか？」

「うるさい。報告しろ」

「はいはい」

仕方がないと言うように、レオポールは報告をはじめる。

その内容は結果だけで言うなら上々だった。

やはり教会の奥で育てられていたのはカンナビスだったらしい。

教会にあの神父達が住み着いたのは約一年前から。

ヴァレッド達が昨年、薬物の売り子を一斉摘発した直後、この街に流れて来た者達らしい。

人数は全員で十三人。

神父以外の人間は褐色の肌に銀髪と、共通の特徴を持っていた。単に出身地が同じなのか、それともあえてそういった者を神父が選んだのかは分からない。

彼らは教会にある子供達が使っていたのとは別の宿舎に住み着き、孤児になった子供達を集めてカンナビスを育てさせていたのだ。

教会を使って孤児院を装ったのは、カンナビスを育てる人件費が浮く上に、周りからも怪しまれることがないと思ったからだという。

「十三人全員、一人も逃がすことなく捕まえました。今は地下牢に閉じこめています。子供達も街の孤児院で引き取ってもらえる運びとなりました。人数も人数ですし、問題の大きさからいっても、これは王都で国王の審判を仰ぐ方が賢明でしょう。おそらく絡んでこないとはいえ、彼らの住処《すみか》は教会でしたしね」

そう言って、レオポールは息を吐く。

そして、考え込むように眉を寄せるヴァレッドをじっと眺めた。

「結婚式まであと一週間と少しです。間に合わせるためには、貴方に明日の早朝、この城を発ってもらわないといけません。罪人達は後からゆっくり兵達にでも運ばせればいいですが、裁判に必要な書類は貴方が直接国王に渡してもらわないといけませんからね」

薬物が蔓延してしまえば、それは国を揺るがす事態に発展する。

なので、薬物に関する事柄はたとえ小さな案件だろうが国王に一度話を通し、その上で国王の審判を仰ぐのが慣例になっていた。

そして、その書状を持って行くのは領主の役割である。

何か用事があるなら代理を立てることもあるが、基本的に領主は国王にお願いする立場なので、無理をしてでも領主が王都に赴くのが礼儀というものだった。

「わかった」

小さく頷いたヴァレッドにレオポールは怪訝な顔をして数歩詰め寄る。

「……本当に意味がわかっていますか？　貴方が帰られるのは一週間後。それまで貴方はティアナ様と喧嘩別れをしたままになるんですよ？」

「別に喧嘩をしたわけでは……」

「あぁ、そうでしたね。貴方が一方的に言いたいことを言っただけですよね？　嗚呼、おかわいそうなティアナ様！」

わざと責めるようにそう言えば、ヴァレッドの眉間に深い皺が刻まれる。

しかし、自分も悪いと思っているのか、ヴァレッドはそのまま何も言うことなく、一人掛けの椅子に深く腰掛けた。

「俺がいない間、いろいろ頼む」

「はい。それはお任せください。貴方は馬の上でティアナ様にどう謝るか、しっかり考えておいてくださいね」

その言葉にヴァレッドは何も発しなかった。

しかし、その瞳はティアナに言った言葉を、少し後悔しているようにも見える。

「で、最初の質問に戻りますが、なんであんなこと言ったんですか？」

「は？」

その話は終わったのではないのか？　そう言いたげな視線をヴァレッドは送るが、それをひらりと躱して、レオポールは有無を言わせぬ笑顔を向けた。

「『しばらく声を掛けてくるな』なんて貴方の本心じゃないでしょう？」

「……それは……」

バツが悪そうにヴァレッドが視線を逸らす。

しかし、レオポールの笑顔は到底逃げられるようなものではなかった。

まるで、じりじりと崖に追いやられている気分になってくる。

レオポールはヴァレッドににこやかな顔を向けながら、小さく首をかしげた。

「それは？」

「それは……、腹が立ったんだ。彼女はいつでもどこでも人の心配ばかりするから……」

その言葉にレオポールは目を見開いた。

ヴァレッドはそんな彼の様子に気付くことなく、地面をじっと見つめたまま、唇をかみしめている。

「俺の外套より自分の傷だろう⁉　医者や侍女の休息より、自分の身の安全だろう⁉　俺はあんなに心配したのにっ！　あんなに焦ったのは初めてだったのにっ！　あいつはケロッとした表情で、いつものように他人の心配をしたんだぞ⁉　自分はいつ殺されてもおかしくない状況にいたのにもかかわらずっ！　女は自分のことを一番に考えるものだろう⁉　なんで彼女はそうじゃない‼」

「ヴァレッド様……」

「……だが、一番腹が立ったのは、女が嫌いなくせに彼女にはそうあってほしいと思う自分の心の矛盾だ。……だから、少し一人で考えたかった」

尻すぼみになった言葉にレオポールは目を剝く。

そして、短い沈黙の後に噴き出した。

腹を抱えながら笑い出したレオポールの姿に、ヴァレッドは鼻筋を窪ませながら苦々しい表情をした。

「貴方はっ！　思春期の男子ですか⁉　つまり、貴方は自分の大切な人、ティアナ様にもう少し自身を大切にしてほしいと言いたかったのでしょう？　女嫌いの貴方にそこまで言わせるとはっ！　ホントもう、ティアナ様は愛されていますねぇー」

「愛していないっ！　ティアナのことは好きでも何でもないっ！　何度言ったらわかるんだっ！　彼女と結婚するのはただ都合がいいからだ。別に彼女じゃなくても、この城から逃げ出さずに、俺の言うことを聞いてくれる女性なら、俺は誰でもっ……」

怒りからか、羞恥からか、顔を真っ赤にさせてヴァレッドが反論するのを、レオポールはどうどうと宥める。

「まぁまぁ、わかりましたから。もう諦めて認めたらどうですか？」

「わかってないだろうがっ！　人の話を聞け、この妄想癖男がっ！」

◆◇◆

ティアナは蝋燭の灯りが照らす薄暗い廊下を歩いていた。

目指すのはヴァレッドの私室だ。

胸に抱いた手紙を見つめながら、ティアナは緊張で唾を呑み込んだ。

彼女はこれから改めてヴァレッドに謝りに行くつもりなのである。

顔も見せるな、声も掛けるなと言われた後なので、ティアナは今の正直な気持ちを手紙に認《したた》めた。

これを扉の隙間から差し込んでおくのだ。

（許してくださるでしょうか……）

ティアナの脳裏に先ほどの怒りに満ちたヴァレッドの表情が浮かぶ。

あんなことを言われた後だ。

正直、この手紙は読まれずに捨てられる可能性だってある。

自らの軽率な行動のせいで迷惑をかけ、優しい彼をあんな風に怒らせてしまったのだ。何度謝っても謝り足りないし、許してもらえなくても仕方がないことだとは思う。

それでも一度、ティアナはちゃんと自分の言葉で謝りたかった。

そして、お礼を言いたかった。

まだ結婚もしていない、放っておいても何の問題もない自分のために兵を動かしてくれたこと。助け出して、部屋まで送ってくれたこと。

女性が嫌いなのにもかかわらず、自分のために侍女を部屋に向かわせてくれたこと。

そして、怒鳴るほどに心配してくれたこと。

彼を怒らせてしまっただろうし、おそらく嫌われてしまっただろうが。

それでも、その気持ちがティアナには嬉しかった。

（これで許してくださらなくても、これから一生懸命許してくださるようにがんばりましょう）

持ち前の前向きさでそう考えて、ティアナは一つ頷いた。

一時は、もう生きて会えないとさえ思っていたのだ。

それに比べれば、嫌われるぐらいどうってことない。

許してもらえるように一生懸命行動しよう。

それに、これから夫婦になるのだ。謝る時間はいくらでもある。

ティアナはヴァレッドの部屋の前に立つと、その場にしゃがみ込んだ。扉と床の隙間に手紙を滑り込ませようとして、その声に気付く。

『ティアナのことは好きでも何でもないっ！　何度言ったらわかるんだっ！　彼女と結婚するのはただ都合がいいからだ。別に彼女じゃなくても、この城から逃げ出さずに、俺の言うことを聞いてくれる女性なら、俺は誰でもっ……』

その言葉に、ティアナは部屋の前で息を呑んだ。

そして、差し込もうとしていた手紙を再び胸に抱く。

そのまま立ち上がり、踵を返した。胸一杯に詰まっていた勇気が一気にしぼんでいく。

（誰でもいい……。そうでしたわね）

ヴァレッドの部屋を背にして歩きながら、ティアナはしょんぼりと項垂《うなだ》れた。

彼がティアナに対してそう思っていることは最初から知っていた。知っていたのに、何故かティアナはその言葉に傷ついたのだ。

（ヴァレッド様が私と結婚するのは世間体のため、ですものね）

思わず苦笑いが漏れた。

少し前まではそれでいいと思っていたし、彼が別に想っている人がいるというのなら、その恋を応援する気でいた。

実際にティアナはレオポールとヴァレッドの間を応援したりもしていたのだ。

なのに、今はなぜかその事実が苦しい。

なぜ、苦しいのか。

なぜ、胸が痛むのか。

それはわからない。

けれど、『誰でもいい』なんて思ってほしくない。できるならば『君がいい』と言われたかった。

（……我儘が過ぎますわね）

そんなことは起こりえない。それはティアナが一番よく理解していた。

潰れそうなぐらいに縮こまる心臓を押さえながら、ティアナはとぼとぼと廊下を引き返すのだった。

第七章　社交界の薔薇

教会の一件が決着した翌日、ティアナは朝食の場でヴァレッドが今朝早くに城を発ったと、レオポールから聞かされた。

しかも、今日から一週間、ティアナとヴァレッドの結婚式前日まで、彼は不在だというのだ。

昨日の夜は不発に終わったので、今日こそはちゃんと謝罪をしようと思っていたティアナは、その言葉に少しだけ沈んだ表情になった。

謝れないこともそうだが、一週間ヴァレッドがこの城に居ないということがティアナを余計に落ち込ませる。

しかし、そんな気持ちを抱えながらも、ティアナはいつも通りに笑顔で朝食を終えた。

部屋に戻るとヴァレッドが呼んでくれていたのだろうか、女性の理容師がティアナの髪の毛を整えんと待ってくれていた。

ティアナは昨夜、侍女に揃えてもらった髪をその理容師に任せながら、カロルを側に呼ぶ。

呼ばれたカロルはしょんぼりと肩を落として、申し訳なさそうにティアナを見つめていた。

「そんなに落ち込まないでカロル。私も貴女も無事だったのだから、そんな顔をしなくても大丈夫よ」

「ですが、私が付いていながらあのようなことになってしまい、本当に申し訳なく……」

「アレは私の判断が間違っていた結果ですわ。カロルはただ私につきあってくれていただけだもの。何も悪くないわ！　むしろすぐに助けを呼んでくれて、すごく助かりました。ありがとう、カロル」

そのティアナの言葉にカロルは顔を跳ね上げて、首を千切れんばかりに振った。

その目は少し泣きそうである。

「そんなっ！　私は……」

「カロルは私の命の恩人ですわ。だから、そんな風に落ち込まないで。カロルの元気がないと、私までしょんぼりしてしまいます」

「ティアナ様……」

ティアナが励ますようににっこりと笑うと、カロルもつられたように微笑んだ。

そして、いつもの元気を取り戻したような声を出しはじめる。

「そう、ですわね。失敗を後悔してばかりでは先に進めませんものね。私も少しは前向きすぎて空回りしまくりなティアナ様を見習わなくてはっ！」

「あら、いつもいろんなことを教えてくれるカロルが私から学ぶものがあったなんてっ！　ふふふ、嬉しいです！」

頬に手を当てながらティアナが嬉しそうに微笑むと、調子を取り戻したカロルが半眼になりながら苦笑いを浮かべる。

「ティアナ様、ここは怒るところです」

「え？　どうして？」

「わかりませんか？」

「わからないわ」

目を瞬かせながら首を傾げるティアナに笑いがこみ上げてきたのか、カロルは眉尻を下げながら「貴女はずっとそのままで居てください」と優しい音を出した。

そんな優しい雰囲気のまま髪を切り終え、結局ティアナの髪は肩より少し上で切りそろえられることとなった。内側にふんわりカールするような髪型がティアナの幼さの残る顔によく似合っている。カロルは長かったティアナの髪を惜しみながらも「よく似合っていますわ」と微笑んだ。

そのカロルの言葉に、ティアナが顔を綻ばせた時だった。

突如扉が開いたのだ。

それも扉を破壊するかのような勢いをもって。

鼓膜を破るかのような音と突然開いた扉に、二人は固まった。

そして、その扉の奥にいる人物にティアナはひっくり返ったような声を出す。

「ロ、ローゼ⁉」

「結婚おめでとう、おねぇちゃんっ！」

そこには満面の笑みを浮かべるティアナの妹、ローゼが居た。

その後ろから、彼女を追いかけてきたレオポールが駆け込んでくる。

「ちょ、ローゼ様っ!?　いくらティアナ様の妹君であらせられても、いきなり私室に突入とはどういう……」

「ごめんなさい、レオポール様。私、どうしても大好きな姉様に早く会いたくて……ダメでしたか？」

ティアナに対する表情からは一変して、ローゼは薄く笑って首を傾げた。

その妖艶な色香に、思わずレオポールもぐっと押し黙る。

「手続きは正式なものでしたし、ダメというわけでは……」

「ありがとうございますっ！　レオポール様って優しいのね。私、レオポール様みたいな優しい人大好きですわっ！」

ぶわっと背中に薔薇を背負ったローゼが満面の笑みをレオポールに向ける。

そして、数歩近づきそっとレオポールの手を取った。形の良い唇からは白い歯がのぞいている。

「レオポール様、お願い。私少しだけ姉様とお話がしたいの」

絶世の美女が甘えたような声を出しながらゆっくりとレオポールにしなだれかかった。

レオポールはローゼのその行動に真っ赤になりながらローゼから離れる。

いつもは頼りがいのあるその目が、今日はどこか泳いでいた。

そして、ローゼの望み通りにレオポールは部屋から逃げるように出て行く。「お話が終わったら呼んでください」と一言だけ残して……。

レオポールが去った後、部屋にはローゼとティアナとカロルの三人だけになった。

すると、ローゼはハニーブロンドの髪の毛を跳ねさせながらティアナに抱きついた。

「おねぇちゃんっ！　会いたかったー！」

「ローゼ、どうしてこんなところに？」

ぎゅうぎゅうと抱きしめられながらティアナは久しぶりに見る妹の姿に目を白黒させた。その後ろでカロルは苦々しい表情を浮かべながら、それでも感心したような声を出す。

「相変わらず、男を意のままに操る術は凄まじいですわね。ローゼ様……」

「それって褒めているの？　貶しているの？　ほーんとカロルってば私には厳しいのよね。昔っからおねーちゃんばっかりっ！」

頬を膨らませてぷりぷりと怒ってみせるローゼは先ほどとは別人のように幼く、子供らしい。男性に対しては甘く艶やかな色香を漂わせるローゼだが、家族の前ではこんな幼い素顔を見せるのだ。

「そんなことより、おねーちゃん髪の毛切ったの？　すごくかわいいっ！　明日結婚式よね？　だから？」

「え？　明日？」

ティアナは目を見開いてしばし固まった。その間にカロルが状況を摑んでいく。

「ローゼ様、結婚式は一週間後に延期になりましたよ。もしかしてお祝いに来られたのですか？」

そう言うと、ローゼがびっくりしたように首肯した。

ティアナの結婚式はヴァレッドの突然の提案により、当初の予定より一週間延期になった。ローゼはそれを知らなかったのだろう。

場所が離れていることもあり、ヴァレッドは彼女たちの両親を結婚式に呼んではいなかった。

そもそも派手なことを嫌うヴァレッドは参列者自体を呼んでいないのだが、どういう日程で式を執り行うか、どういったことをするのかは事前に知らせてある。

恐らく、あまり家に帰らない生活を送るローゼは、古い情報を持ったままティアナを祝いに来たのだろう。

どうやらその推察は正しかったらしい。ローゼは首を傾げながらティアナに何故そうなったのかとしきりに尋ねていた。

「ヴァレッド様が急に式の内容を変えたいと仰ってくれて……」

頬を朱色に染めながら、ティアナは嬉しそうに説明をする。

その説明を聞きながら、ローゼも嬉しそうに頷いた。

「最初は結構簡素な結婚式だって聞いていたから心配していたけど。良かったね、おねぇちゃんっ！」

「えぇ、ありがとう！」

姉妹は仲良く微笑んで手に手を取り合っている。

そんな微笑ましい光景を見ながらカロルは嫌な予感を感じ取っていた。

そして、その予感を肯定するようにローゼは頬を緩ませながら物欲しそうな声を出す。

「『女嫌いのドミニエル公』って有名なのに、実はそれほどでもないんだねー。おねぇちゃんも大切にしてもらっているみたいだし、公爵の奥方って羨ましいなぁ」

ローゼの意味ありげな台詞に素早く反応したのはカロルだった。

彼女は唇を真一文字に結んだ後、ローゼを諌めるように鋭い声を出す。

「ローゼ様にはフレデリク様がおられるでしょう？　ティアナ様から寝取られたのに、彼ではご不満とでも仰られるのですか？」

「あらカロル、『寝取った』なんてあんまりね。彼が私を選んでくれたのよ。まぁ、フレデリク様と私はもう関係のない間柄なんだけどね」

ローゼは頬に手を当てながら、悪びれる様子もなくそう言った。

フレデリクというのはティアナの元夫のことだ。

『彼との間に子供が出来たかもしれない』

一ヶ月前、ローゼは家族にそう切り出した。

そして、ドミニエル公爵とは結婚出来ないと両親に宣言したのである。にもかかわらず、そんな彼とローゼはもう関係のない間柄だと言うのだ。

その言葉が指す意味を素早く理解したカロルは怒りで顔を真っ赤にさせた。

「もしかして、別れたのですか!?　一ヶ月前は子供が出来たかも知れないとあんなに騒いでおられたのに？　彼がティアナ様と結婚していたということを、貴女はお忘れですか!?」

そのカロルの剣幕にローゼは思わずティアナの背中に隠れた。

姉を盾に取った妹は首から上だけをカロルに見せながら、可愛らしく口をすぼめる。

「おねぇちゃん、カロルが怖いー！　……だって、子供出来てなかったんだもん。それなら別にフレデリク様と一緒になる必要はないしー！」

「貴女という人はっ‼」

可愛らしく拗ねるローゼを、カロルは般若《はんにゃ》の形相で睨んだ。

それを取りなすのは一番の被害者であるティアナである。

彼女は背中に張り付いたローゼを引き剝がし、今にも嚙みつかんばかりのカロルをどうどうと落ち着かせた。

「カロル、私のために怒ってくださるのはとても嬉しいのだけど、今は落ち着いて。ローゼもあまりカロルを怒らせることを言わないの」

「はぁい」

「ですがっ、ティアナ様っ！」

気持ちが収まらず、カロルは更に気炎を上げた。

それをティアナの優しい声がやんわりと止める。

「私のために怒ってくれてありがとう、カロル。本当に嬉しいですわ。でも私、ローゼのおかげでヴァレッド様に出会えたと思うの。だから……」

あまり怒らないであげて？　と言外に言われ、カロルはようやく怒りの矛を収めた。

そんな二人を眺めながら、ローゼは新しいおもちゃを見つけたような笑みを浮かべる。そして、まるで何かを強請るような猫撫で声を出した。

「ねぇ、おねぇちゃん。ヴァレッド様ってそんなにいい人なの？」

「ええ、とっても！　すごくお優しい方ですし、素敵な方ですわ。本当に、私にはもったいないぐらいで……」

ティアナは頬に両手を当てながら、顔を綻ばせる。

頭に浮かぶのは、もちろんヴァレッドの顔だ。想像の中の彼は鋭い視線をティアナに向ける。その瞬間、ティアナは昨夜の彼の様子と部屋の前で聞いた言葉を思い出した。

『彼女と結婚するのはただ都合がいいからだ。別に彼女じゃなくても……』

脳内で再生されたその台詞に胃がぎゅっと押しつぶされる。

自然と俯いたティアナの耳朶に響いたのはローゼのとんでもない一言だった。

「もったいないの？　じゃぁ、私にちょうだい！」

「へ？」

「はぁ⁉」

落ち込みかけていた気分が一気に霧散する。

隣を見ればカロルがまた顔を真っ赤に怒らせて、目を剥いていた。

「だって、私の方がおねぇちゃんよりいい女だし、ヴァレッド様だって、どうしてもおねぇちゃんと結婚したいってわけじゃないんでしょう？　書状には誰でもいいみたいなこと書いてあったじゃない！」

「もうっ！　もうっ！　我慢なりませんっ！　ローゼ様、いい加減にしてくださいませっ‼　貴女はティアナ様をなんだと……」

「そもそもこの縁談って、私に来た縁談だし。だから、『ちょうだい』じゃなくて、『返して』おねぇちゃん！」

まるで拒否されるとは露ほどにも思っていない顔で、ローゼはティアナに満面の笑みを向けた。

その顔を向けられたティアナは何が起こっているのか理解できないというような、困惑した表情を浮かべている。

「ね？　いいでしょ？」

「ダメに決まっていますでしょうっ！」

そう答えたのはカロルだった。

ローゼはそんなカロルの怒りがまるで理解できないかのように、無邪気に頬を膨らませている。

「私はカロルじゃなくて、おねぇちゃんに聞いているんだけど……。ね、いいでしょ？　おねぇちゃん」

「それは……」

ティアナがさすがに渋るような声を出すと、ローゼの顔は急に曇った。

口をへの字に曲げてティアナを睨みつける。

「おねぇちゃん、私のものとるんだ。ふーん」

「ヴァレッド様は貴女のものではないでしょう！」

「だから、カロルには聞いてないでしょ！」

半眼になったローゼは口を曲げながら低い声を出した。

そして、いきなり踵を返し部屋を出て行こうとする。

どこに行くのかとティアナが問えば、「ヴァレッド様のお部屋」という無邪気な答えが返ってきた。

ティアナが首を縦に振らないのなら本人に頼みに行くということなのだろう。

そんなローゼにカロルは勝ち誇ったような声を出す。

「ローゼ様、残念でした。ヴァレッド様は今日から一週間王都に出向いており、こちらには帰ってこられません。ヴァレッド様のことは諦めて今すぐにお帰りください」

笑顔でカロルがそう言えば、ローゼも満面の笑みを浮かべ響くような声を出した。

「ちょうど良かった！　私、今日から一週間こちらにお世話になる予定だったの！」

その台詞にカロルもティアナも絶句した。

そんな二人を尻目にローゼはサファイア色の瞳をゆっくりと細める。

「ヴァレッド様が帰ってきたら、私とおねぇちゃんのどっちが良いか本人に聞いてみようね？」

◆◇◆

ローゼが城に居着いて四日がたった。

城の中でのローゼは、美しく品行方正でおしとやかな理想の女性を体現していた。

ティアナやカロルに対して見せる幼さや無邪気さなんてものは、針の先さえも感じさせない。

その美しくも清らかな姿に、男だらけの城内はにわかにざわついた。その中の一部の者たちをローゼは密かに魅了し、自分の手駒としていく。そして、その手駒達はローゼこそがヴァレッドの奥方にふさわしいのだと、熱せられたように吹聴して歩くのだ。

そのせいで、最近使用人たちの間ではどちらが奥方にふさわしいか論争になっているのだという。

着々と自分が住みやすいように周りを整えていくローゼの手腕に一番舌を巻いたのは、留守を任されているレオポールだった。レオポールとしては城の中に広がった不穏な芽を一刻も早く取り除きたい。出来ることなら妻の座を狙うローゼにも出て行ってほしい。

しかし、レオポールにはローゼを追い出すことが出来ないでいた。

何故なら、ローゼの滞在を許したのは、この城の主人であるヴァレッド・ドミニエル公爵だからである。

レオポールは主人であるヴァレッドの決定を撥ね除け、客人であるローゼを追い出すことは出来ない。

もちろん、まだ妻ではないティアナにもヴァレッドの客人は追い返せない。

出来るのはただ一人、この屋敷の主人であるヴァレッドだけなのだ。

そして、その彼はあと数日帰ってこない予定である。

ティアナはいつもの薔薇園で刺繍をしながら小さく溜息を吐いた。

いつもより騒がしい周りの声に耳を傾ければ、そこら中でローゼを賞賛するような声が聞こえてくる。

それもそうだ、ローゼは『社交界の薔薇』と呼ばれるほどの美女なのだ。

その立っているだけで絵になるような彼女が、今はたおやかな女性を演じている。その姿はまさに理想の女性であり、彼らにとっては理想の公爵夫人なのだろう。

実の妹への賞賛ということで、ティアナは少し誇らしい気持ちになりながらも、俯いた頭を上げることができないでいた。

いつもの腹の底から沸きあがるような元気も今は枯れてしまっている。

『彼女と結婚するのはただ都合がいいからだ。別に彼女じゃなくても、この城から逃げ出さずに、俺の言うことを聞いてくれる女性なら、俺は誰でもっ……』

そんな落ち込んだ気持ちを加速させるように、ヴァレッドの声が耳の奥で蘇った。

「ヴァレッド様はローゼでもいいんでしょうか？」

思わずそうつぶやくと、またヴァレッドの声が頭を揺さぶってくる。

『今は君の顔なんて見たくないっ』

『しばらく声を掛けてくるな』

「……ヴァレッド様はローゼの方がいいんでしょうね」

その言葉と共にティアナの手はぴたりと止まった。

手の中では薔薇の花がこれでもかと咲き誇っている。

そして、その下に刻んでいる文字はヴァレッドの名だった。その薔薇の花とヴァレッドの名が妙に似合っているような気がして、ティアナは苦しくなった胸の内を隠すようにそのハンカチをぎゅっと抱いた。

「ローゼには何も敵わないわね」

幼い頃から美しく、何事も器用にこなすローゼと、ティアナはいつも比べられていた。

勉学と刺繍の腕だけはローゼより優れていたが、それ以外は全て負けていたと言っても過言ではない。マナーの講習にしたって、楽器の演奏にしたって、ローゼはティアナの十分の一程しか練習していないのに、他の誰よりも完璧にこなすことが出来るのだ。

そして、彼女は別段勉強ができないわけでも、刺繍ができないわけでもない。

両親もそんなローゼに期待をしていたし、ティアナだって姉として誇らしく思っていた。悔しいという感情が一回も沸かなかったわけではないのだが、それ以上に素敵な妹をもてて幸せだという感情の方がずっと上回っていた。

だから、新しく誂えたドレスを取られても、お気に入りのブローチを取られても『ローゼの方が似合うのだから仕方がない』と自分を慰めることが出来たのだ。

結婚したばかりのフレデリクを寝取られた時はさすがに驚いたし落ち込んだが、結局は『ローゼを選んだのなら仕方がない』と納得した。

しかし、何故か今回ばかりはそんな感情が湧いてこなかった。『仕方ない』と思うことが出来ない。

誘拐事件で自分はヴァレッドに嫌われてしまっただろう。

そんな中、美しくて完璧なローゼが代わりに妻になりたいと申し込んできたら、きっとヴァレッドは彼女を選ぶ。

ティアナはそう思っていた。

いろいろ不名誉な噂が立っているヴァレッドだが、見た目だけでいうなら彼は十分女性を惹きつける容姿をしている。

高い身長に引き締まった体躯。しっかりとした男らしい輪郭に高い鼻梁。

視線だけは鋭いナイフのようだが、それだって微笑めばあっという間に和らいでしまう。

そんなヴァレッドと『社交界の薔薇』と呼ばれるようなローゼは本当にお似合いだ。

ティアナは寄り添う二人を想像して、少しだけ下唇をかんだ。

公爵の妻という点から見ても、ティアナよりもローゼの方がいいだろう。

彼女ほど優秀で何でもできる女性をティアナは知らない。

結局のところ、どんな風に比べたってティアナはローゼに勝てないのだ。

ヴァレッドがローゼを選ばないわけがない。

「もう一度だけ、ヴァレッド様とどこかお出かけに行ってみたかったのですけれど……難しそうですわね」

思い出すのは、初めて一緒に出掛けた花祭りや、勉強会。孤児院のためにと一緒に苗を選びに行った時のことだ。

彼といた時間はいつ思い出しても胸が躍るようだ。

でも、これからはそのティアナのいた場所にきっとローゼが立つのだろう。

うらやましい。

その言葉をティアナは吐き出す前に呑み込んだ。

「目の前でローゼを選ばれたら、……さすがにショックですわね」

想像するだけで鼻の奥がツンと痛み、視界がぼやけた。

吐いた息は愁いを帯びていて、ティアナはどこか諦めているような笑みを顔に張り付けた。

「帰れと言われる前に、自分で出て行った方が良いかもしれませんね。こんな顔、見せるわけにはいきませんもの」

流れそうになった涙を袖でゴシゴシと拭うと、ティアナはまたハンカチに針を刺し始めた。

◆◇◆

「そもそも何故、ヴァレッド様はローゼ様の滞在許可書にサインを？　子供が出来たかもしれないと輿入れを断った張本人ですよ？　あの方が一番嫌いそうな女性のタイプじゃないですか！」

そう気炎を上げるカロルにレオポールは溜息を吐いた。

二人が居るのは、レオポールの私室だ。

ローゼの目にあまる行動を愚痴りに来たカロルは、ソファーに座ったまま親指の爪をぎりりと噛みしめる。

「それは、ローゼ様がティアナ様の妹君だったからですよ。王都に出発する前、数日前から届いていた滞在許可書にサインをしたのは確かにヴァレッド様ですが、アレはあの方なりの気遣いだったんです」

「……どういうことですか？」

不機嫌さを滲ませた声を出しながら、カロルはレオポールを睨みつける。

レオポールはそれにたじろぎながらも理由を話しはじめた。

「本当はローゼ様を滞在なんてさせる予定はなかったのですが、誘拐事件の後、ヴァレッド様はティアナ様に少し言い過ぎてしまったみたいで……。その罪滅ぼしに、自分がいない間は姉妹で和気藹々とされていたらいいと……」

「ローゼ様が城に来て、ティアナ様が喜ぶとでも⁉　いや、ティアナ様は底知れぬお人好しですから喜ぶには喜ぶでしょうが、絶対良くないことになるのは目に見えているでしょう！　あの方はティアナ様の結婚した相手を寝取った女ですよ⁉」

その言葉にレオポールは、眉間の皺を揉みながら申し訳なさそうな声を出す。

「……それはこちらの調査不足が原因です。まさかローゼ様のお相手だった男性がティアナ様の元夫だとは夢にも思わなかったんですよ。だから姉妹の関係は良好なのだと。いや、良好は良好なのでしょうね。ティアナ様は途方もないお人好しですから……」

「ホント、なんであの姉妹仲が良いんでしょうね」

「さあ？」

そう言いながら二人が同時に溜息を吐いた時、扉が規則正しく二回ノックされた。

レオポールが素早く扉を開けると、その奥にはティアナが立っている。

「ティアナ様？　どうしてこんなところに」

「レオポール様に少しお話ししたいことがありまして……」

そう言うティアナの困ったような表情を見て、レオポールの背に冷や汗が流れた。
なんだかとてつもなく嫌な予感がする。
その思いを肯定するかのようにティアナはゆっくりと言葉を紡ぎ出した。

第八章　『誰でもいい』ではなく『君がいい』

ヴァレッドの領地であるテオベルク地方から王都までは、単騎で飛ばして二日半かかる。往復だけで五日、国王への謁見も含めれば六日はかかる行程をヴァレッドは五日でこなして城に帰ってきた。

厩に愛馬を戻すと、にわかに城がざわついていることに気が付く。

事前に今日帰ると城に使者を送っていたので、そのためかと一瞬思ったが、どうやら違うようだ。

城主を出迎えるためというより、若干混乱しているというような雰囲気が城から伝わってきて、ヴァレッドは城へと続くアプローチを歩きながら首を捻った。

するとと、城の方から見慣れた姿がこちらに駆けてくるのがみえる。

「あぁ、レオ。どうしたんだ？　城の様子が……」

「ヴァレッド様っ‼」

いつになく真剣な声色と表情でレオポールがヴァレッドに駆け寄った。

そして、肩をつかんでヴァレッドにしか聞こえないぐらいの声を出す。

「ティアナ様がたった今、城から出て行きました！」

「――――っ」

レオポールの言葉にヴァレッドは息を呑んだ。

目を見開いたまま固まってしまっている主人を尻目にレオポールは更に続ける。

「すぐ追いかけてください！　この地を離れる前に孤児院の子供たちに挨拶をしたいと仰っていたので、今はそちらにいると思います。私ではお止めできなくて、本当に……」

レオポールが最後まで言い終わる前にヴァレッドは踵を返した。

額には冷や汗が滲んでいる。

再び愛馬の元へ戻ると、彼は瞬く間に飛び乗った。

そのまま駆け出すのかと思ったが、ヴァレッドは鞍の上で眉間に皺を寄せ固まってしまっている。

「どうしたんですか？　早く追われないと、本当に帰られてしまいますよ!?」

固まるヴァレッドの尻を叩くようにそう言うと、彼は皺の寄ったままの眉間をレオポールに向けた。そして窺うような、何か大事なことを確かめるような声を出す。

「……何故出て行った？」

「は？」

「ティアナは何故出て行ったんだ？　俺のことが嫌になったのなら追いかけても答えは一緒だろう？」

ティアナがこの城に来て一ヶ月。ヴァレッドは自分の彼女へ対する態度が、彼女にとって好印象なものではないと自覚していた。

罵りもしたし、猜疑的なことを言ったりもした。

時には無視をしたり、素っ気ない態度を取ったりもした。

普通の女性ならめげてしまう程の言動を、彼女はいつも笑顔で受け止める。だから、ティアナはどんなことをしても出て行かないとヴァレッドは思いこんでいたのだ。

しかし、ティアナはヴァレッドの留守を狙うかのように出て行った。

もういい加減愛想を尽かされたのかもしれないと、ヴァレッドの表情は硬くなる。

その不安げな表情と台詞にレオポールは片眼鏡を落としそうになった。気の抜けたような表情に少し笑みを浮かべて、レオポールは目を細める。

「……貴方が女性に嫌われるのを恐れる日が来るなんて、思いませんでした」

「恐れてなどいないっ！　ただ、……無駄なことはしたくないだけだ」

ヴァレッドはそう言いながら視線を泳がせる。

本当にそう思っていないことは明白で、レオポールはそんなヴァレッドを安心させるような優しい声を出した。

「それなら、『ヴァレッド様に愛想をつかしティアナ様が出ていきました』と言えば、貴方は追いかけないのですか？」

「……それは……」

「私の長年の勘から言わせていただければ、貴方は絶対に追いかけますね。『実際に会って何が不満だったかを聞き出すっ！』とか思ってもいないことを言いながら馬を走らせると思います」

ぐうの音も出ないほどの完璧な未来予測にヴァレッドはぎりりと歯をかみしめた。

レオポールは優しい笑みを浮かべたまま言葉を続ける。

「ティアナ様は今でもヴァレッド様の奥方になりたいのだと思いますよ？　ただ少し、やっかいな人が現れまして……」

「やっかいな人？」

「まぁ、それは帰ってからに致しましょう。ほら、早く追わないとティアナ様が実家に帰られてしまいますよ」

「わかっているっ！」

その怒声と共にヴァレッドは馬の腹を蹴る。

駆け出した主の背を見ながらレオポールは苦笑を漏らした。

「すみません。ヴァレッド様」

◆◇◆

子供達に会いに来たティアナはひどく上機嫌だった。

劣悪な環境だった前の孤児院とは違い、子供達は楽しそうに施設で生活をしている。

そんな彼らと久しぶりに会ったティアナは、教会の敷地内を駆け回るようにして、彼らとの追いかけっこを楽しんでいた。

いつものように付いてきてくれたカロルと護衛の兵士は少し離れた木陰でティアナのことを見守っている。

「ティアナ、そういえばさ。今日はヴァなんとかっておじさん一緒じゃないの？」

追いかけっこが一段落しティアナが木陰で座りながら休憩していると、聞きなれた声が上から降ってきた。

ティアナが声のした方向に顔を向けると、そこにはザールがいる。

彼はティアナの隣に胡坐をかきながら座り込んだ。

ティアナはそんな彼の姿ににっこりと微笑みかける。

「ヴァレッド様のことかしら？　今日は用事があって一緒じゃないのよ。捕まった時も気にかけていたし、ザールはほんとヴァレッド様のことが好きね」

「別に好きじゃないし。むしろちょっと嫌いなぐらいだし。……まぁ、助け出してくれたことには感謝しているけど……」

あの誘拐事件の後、ティアナもヴァレッドも自分たちの身分を明らかにせざるを得なかった。

ヴァレッドは彼らが前の孤児院から抜け出す時に兵を指揮する姿を見られて、ただものではないと知られてしまったし、ティアナもヴァレッドとの関係性からザールにはばれてしまっている。

ただ、ザールはティアナのことをみんなには言っていないようだった。

それが原因でティアナが孤児院に来られなくなるというのを危惧したのだろう。

そんな彼は先ほどよりも声を潜めてティアナに問いかける。

「ティアナはさ、本当にそのヴァレッドさまとやらと結婚するの？　いつ？」

「さぁ？」

曖昧に笑ってティアナはザールの言葉をはぐらかした。

ローゼが来てしまった今、ティアナとヴァレッドの結婚は確約ではない。

少なくともティアナはそう思っている。

曖昧に笑うその顔にザールは頬を染めながら視線をそらした。

「まぁ、結婚してもいいや。どうせちゃんと奪いに行くし！」

「奪う？」

「俺、この孤児院出たら立派になるから！　さすがに公爵にはなれないかもしれないけど、いつかティアナを迎えに行けるぐらい、立派に！　だからさ、ティアナ。その時は俺を男としてみてくれる？」

「え？　ザールは最初から男の子でしょう？」

首をかしげるティアナを半眼で見つめて、ザールは大きな溜息を吐いた。

そして困ったように笑いながら「まぁ、今はそれでいいか！」と口にする。

「覚悟しててね、ティアナ。俺、絶対にいい男になってみせるから！」

「うふふ。楽しみにしていますね」

まったくわかっていない声色でティアナは楽しそうに笑った。

その時だった。

「ティアナっ！」

彼女を呼ぶ鋭い声が二人の耳朶に突き刺さった。

「え？　ヴァレッド様？」

ティアナはその声に思わず立ち上がり、目を瞬かせる。その視線の先には肩で息をしているヴァレッドがいた。

久しぶりに会うヴァレッドにティアナの顔は自然と綻ぶ。

そして『声を掛けてくるな』と言われたことも忘れ、浮わついた唇で弾けるような声を出した。

「お帰りなさいませ、ヴァレッド様！　お帰りは午後だと聞いておりましたのに、お早いですね。……あら、でも、どうしてこちらへ？」

きょとんと首を傾げるティアナに、ヴァレッドは腹立たしげに詰め寄る。そして、もう少しで触れるのではないかという距離まで近づいて、低く唸るような声を出した。

「君を迎えに来たに決まっているだろう」

「え？　どうしてですか？　私自分で……」

「それは、……俺が帰したくなかったからだっ！」

ぴしゃりとそう言われて、ティアナは困惑したような表情になった。『帰したくない』というのは、城に、と言うことだろうか。

ならば、ティアナはたった今ヴァレッドに『城に帰ってくるな』と言われたことになる。

ティアナはヴァレッドの言葉をそう理解して、しょんぼりとうなだれた。

「ちょっと、なにいきなり来て怒ってるんだよ！　ティアナがかわいそうじゃんか！」

ティアナとヴァレッドの間に割り込んだザールは、目を怒らせて彼を威嚇する。

ヴァレッドはザールを一瞥すると、ティアナの手を取った。

「ザール、だったか？　ちょっと借りるぞ」

「は？　ダメに決まってんじゃん！」

そういってティアナに伸ばそうとした腕をヴァレッドは払い落とす。

「触るな。俺は今機嫌が悪いんだ。頼むから二人っきりで話させてくれ」

頼むというのは言葉だけで、ヴァレッドは有無を言わせずティアナを引っ張り、だれにも見られない教会の裏へと彼女を連れて行った。

その間、ティアナは終始無言で何かを考えているようだった。

「私、やはり帰ってはいけませんか？」

教会の裏へ連れてこられたティアナが最初に発した言葉がそれだった。

ヴァレッドはその言葉にティアナの腕をきつく握りしめる。

「何でそんなに帰りたがるんだっ！　そんなに帰りたいのかっ⁉」

ティアナは小さく頷きながらヴァレッドのその言葉を聞く。『城に帰ってくるな』とヴァレッドが言うのだから、ティアナには本来それに対する拒否権はない。

大人しく荷物をまとめて帰るのが道理なのだろうし、ここへ来たばかりのティアナなら迷わずそうしていた。

しかし、今のティアナはヴァレッドの決定に素直に従えなかった。

ティアナの抵抗にヴァレッドは彼女の肩を持ち、向き合った。

その力強さがヴァレッドの決意の固さを表しているようで、ますますティアナは縮こまっていく。

きっと城に帰ったヴァレッドはローゼに会って、美しく聡明な彼女を選んだということだろう。

出来の悪い姉ではなく、出来のいい妹を。

それは確かに自然な選択だった。

そして、王都から帰ってきたばかりの身でありながら、ティアナに三行半《みくだりはん》を突き付けにきたのだろう。

ティアナだって昨日、一度はヴァレッドの元を去ろうと思った。

しかし、相談に行った先で焦ったようなレオポールとカロルに、何度も考え直してほしいと言われたので思いとどまったのだ。

だが、こんな風に言われるのなら、やはりヴァレッドが帰ってくる前に城を去った方が良かったのではないかという思いが頭をもたげる。

ティアナは急に熱くなった目頭に涙を滲ませながら、消え入るような声を出した。

「……もうお声も掛けませんし、できるだけ顔も合わせないようにします。それでも駄目ですか？」

「意味がわからないっ！　もう声も掛けたくし、顔も合わせたくないということか!?　それ程までに俺の側にいたくないということか？　俺の今までの言動が君をそこまで傷つけたのなら謝る。

……だから、もう一度考え直してくれないか？」

「ヴァレッド様？」

何を言っているのかわからないというような表情でティアナは彼を見上げる。

そんな彼女の肩を引き、ヴァレッドはティアナを自ら腕の中にそっと収めた。

「こんなに近くにいて不快にならないのは君が初めてなんだ。……一緒になるなら君がいい」

「一緒に？」

それはまるで結婚の約束を交わす男女のような台詞だった。ティアナは意味がわからず、まるでオウムのようにヴァレッドの言葉を繰り返す。

すると、ヴァレッドは頬と耳を真っ赤にさせて目を怒らせた。

「結婚するなら君がいいと言っているんだっ！」

「へ？」

ようやく言葉の意味が呑み込めたティアナの体温が、これでもかと上昇していく。頭の先からつま先まで、全身を真っ赤に染めて、彼女はそのまま顔をヴァレッドの肩口に埋めた。

『誰でもいい』ではなく、『君がいい』。

その言葉に、ティアナは嬉しさと恥ずかしさで瞳を潤ませる。

心臓が内側から身体をこれでもかと叩く。その音は身体をぴったりとくっつけているヴァレッドにまで聞こえてしまいそうなほどだった。

ティアナは腕を恐る恐るヴァレッドの背中に回した。

すると、彼はさらに彼女をその逞しい腕でぎゅっと締め付けてくる。

瞬間、せりあがってきた幸福感に胸が詰まった。

しかし、先ほどヴァレッドはティアナに『帰したくない』と言ったばかりだ。もしかしたら、何かの勘違いかもしれないと、ティアナは不安げにヴァレッドを見上げた。

「で、でも、ヴァレッド様は先ほど『城に帰したくない』と……」

「なっ、違うっ！　俺が言ったのは、『城に帰したくない』ではなく『実家に帰したくない』だっ！　レオから君が実家に帰るために城を出たと聞いたから……っ！」

「え？　私、そんなこと……。確かに昨日、似たようなことは相談には伺いましたが、レオポール様とカロルが止めるので考え直したんです。だから今日はザール達に会いに教会に来ていただけで……」

その瞬間、先ほどまで狼狽えていたヴァレッドの眦《まなじり》が決する。

ティアナは彼の雰囲気の変わりように、身体をびくつかせた。

「つまり、一度は考えたということかっ！　君は俺に黙って出て行くつもりだったと!?」

「だ、だって……」

「だっても、かかしもないっ！　君がもし俺に黙って故郷に帰ったら、俺は君を攫いに君の故郷に乗り込んでいくぞ！　それでも帰ってこないというのなら、君の父親が治める土地を君ごと無理やり奪うかもしれない！」

「ヴァレッド様!?」

いきなり変わった怒りの矛先にティアナがひっくり返った声を出した。優しいヴァレッドが発するにはあまりに暴力的な言葉に、ティアナの頭は混乱する。

『攫う』とか『奪う』の言葉が強すぎて、うまく状況を呑み込めない。

「頼むから、俺にそういう真似をさせないでくれ」

まるで懇願するかのように最後にそう言われて、ティアナは胸が熱くなった。触らなくてもわかるぐらい頬も熱くなる。

ティアナがヴァレッドの声に応えるように、彼の外套の布を握りしめながら一つ頷けば、まるで褒めるかのように抱きしめられたまま後頭部を撫でられた。

それで会話は終了したはずなのだが、ヴァレッドはいつまでたってもティアナを離さない。

冷静さを取り戻したティアナは頬をまだピンク色に染めたまま、いつまでも離さないヴァレッドの腕の中で「ヴァレッド様？」と彼の名を呼んだ。

しかし、彼はピクリともしない。

ティアナはそんな彼の様子におろおろと視線をさまよわせた。

そんなティアナを助けるように背後から声がかかる。

「それまでにしてくださいませ、ヴァレッド様。いつまでも抱きしめていたい気持ちはわからなくもないですが、ティアナ様が混乱しておられます」

「……カロル、いたのか」

ヴァレッドはとっさにティアナから距離を取った。

そして、まるで忌々しいものを見るような目で彼はカロルを睨む。しかし、その顔は真っ赤に染まっていて、どうにも迫力に欠けていた。

そんな視線をものともせずに彼女は言葉を続ける。

「なにはともあれ、お二人が仲良くなられたようで良かったですわ。ティアナ様のあんな思い詰めた表情、私もう見たくはありませんもの」

「これは、お前とレオが？」

「何のお話しですか？　それにしても街に出られたティアナ様を出て行ったと勘違いされるなんて、レオポール様ってばそそっかしいんですね」

カロルはわざとらしくそう言いながら、にっこりと微笑んだ。

「お二人の想いも通じましたし。さぁ、鬼退治に参りましょうか！」


ティアナ達が城内に戻ると、玄関ホール中が香水特有の甘い香りで満たされていた。

この城に来てから香水のような匂いのする物を全く付けなくなっていたティアナは、その強い香りに身体をビクつかせて思わず口元を手で覆う。

隣に立つヴァレッドも同じように口元を手で覆うが、その表情はティアナとは違い、どこまでも殺気に満ちあふれていた。

「ローゼ様ですね。ティアナ様という歯止めが出かけている隙に、これ幸いと至る所に香水でも撒いたんでしょう。あの方は香水とか化粧品が大好きですから。ティアナ様がこの城では香水を付けてはいけないと注意した時も不服そうでしたし……」

城に帰る前に事情を聞いていたヴァレッドは、カロルのその言葉に青筋を立てた。

ティアナはその憤りを隠せない彼の様子に、青い顔をして頭を下げる。

「すみません！　妹がこのようなことをしてしまってっ！」

「……君が謝ることではないだろう」

少しだけ柔らかくなった表情でヴァレッドはそう言うが、眉間には隠せないほどの皺が寄っているし、口元だって変わらず押さえている。

ヴァレッドのその様子に、ティアナは今この場にローゼが来ないことを祈りつつ辺りを見渡した。

広い玄関ホールにはローゼの姿はおろか、いつも帰ればすぐに出迎えてくれるレオポールの姿も見えない。

レオポールの姿が見えないことを不審に思いつつも、ティアナは妹の姿が見えないことに安堵した。出来れば実の妹が未来の夫に怒られる姿なんて見たくないのが姉としての心情である。

しかし、そんなティアナの願いを嘲笑うかのように鈴を鳴らしたような声がホールに木霊した。

「あら、お帰りなさいませ。お姉様、ヴァレッド様」

ティアナによく似た声だが、その声は姉のものよりも艶めかしい。

ローゼは細い腰をくねらせて、優雅に階段を下りてきた。

そして、花のような笑顔を振りまきながらヴァレッドに駆け寄る。

絶世の美女が自分の名を呼びながら駆け寄ってくるのだ。

しかも頬の染め方は恋をしている少女のソレである。

普通の男ならば、たとえその美女と面識がなくとも、受け止めるために両手を伸ばすのが普通だろう。

普通の男ならば……。

「俺に触れるなっ！　その臭い匂いがうつるだろうがっ！」

その言葉にローゼはぴしりと音を立てて固まった。

背後から青い顔をしたティアナがローゼの代わりに謝ろうとするが、ヴァレッドはそれを視線で制した。

そして、侮蔑と殺意の籠もった鋭い視線をローゼに向け、ヴァレッドは忌々しげに鼻筋を窪ませた。

「城内に自らの匂いを付けて回るとは、君は発情期の獣かなにかなのか⁉　気持ち悪い、吐き気がするっ！　今すぐ城内を掃除して回れ！」

ぴしゃりとそう言われてローゼは思わず身を竦ませた。

しかし、それで諦めないのがローゼである。

眉尻を下げながら申し訳なさそうに俯いて、庇護欲をかき立てられるような悲し気な表情を浮かべる。

そして、上目使いで甘ったるい声を出すのだ。

「すみません。ヴァレッド様はこの匂いがお嫌いでしたのね。この匂いがお嫌いということは、私のこともお嫌いでしょうか？」

「嫌いだ」

「へ？」

ヴァレッドのあまりにも早い返しにローゼは素っ頓狂な声を上げてしまう。

そんなローゼにヴァレッドは更に気炎を上げた。

「君みたいな女を誰が好きになると言うんだ？　もし居るとするなら、そいつは気が狂っている！　大体、その化粧は何だ！　顔の造形を変えるほど塗りたくって君は重くないのか⁉　それになんだそのじゃらじゃらと付けまくった装飾品はっ！　何でもかんでも付ければいいというものではないだろう！　品性がない！　あと……」

まだまだ続くヴァレッドの罵声にローゼの大きな瞳がこれでもかと揺れた。

そしてくしゃりと顔をつぶした後、ローゼは泣きながらティアナに抱きついた。

「おねぇちゃんんんん！　こんな奴のどこがいいのーっ⁉　鬼じゃないのー‼　こーわーぃぃー‼」

「鬼だと……」

「こんな男、私の方から願い下げよ！　おねぇちゃんが良い人って言うから期待していたのに、こんな悪魔だったなんて！」

目に涙を滲ませながら縋るローゼの頭をティアナが軽く叩く。

そして、怒ったような声を出した。

「謝りなさい、ローゼ。貴女がヴァレッド様と結婚したいと望むのは自由ですし、決めるのはヴァレッド様だから私も今まで何も言わなかったわ。けれど、貴女が好かれようとして城に香水を撒いたのはやりすぎです。あまつさえ、お叱りになったヴァレッド様に『鬼』や『悪魔』なんて暴言を吐いてっ！　あなたって子はっ！」

「おねぇちゃん……」

「それにね、ローゼは勘違いをしていますわ。ヴァレッド様はとってもお優しい方なのですよ？　貴女に先ほど仰った内容だって、薄化粧の方が貴女に似合う。装飾品がなくてもローゼはきれいな子だって言ってくださっただけですわ！　ヴァレッド様がローゼをとっても褒めてくださるから、私とても誇らしかったです」

その台詞にローゼは信じられないものを見るような目でティアナを見上げた。

まさか姉の楽天家ぶりがここまできているとは思わなかったのだろう。

同じような視線をカロルとヴァレッドからも浴びるが、当の本人は心底嬉しそうに笑みを作っていた。

そしてヴァレッドを見上げ、いつもの弾むような声を出す。

「ヴァレッド様、ありがとうございます。そして、妹がすみませんでした」

最後の方は殊勝な態度でそう言われ、ヴァレッドは思わず笑ってしまった。

◆◇◆

「で、結局、ローゼ様の滞在を許してしまうんですから、貴方は本当にティアナ様に甘いですよね」

呆れたようにそう言うのはレオポールである。

あれからティアナに怒られたこともあり、ローゼはヴァレッドに不承不承ながらも謝った。

そして、言いつけ通りに香水を撒いた場所を掃除して回ったのである。

先に掃除して回っていたレオポールと、手伝いにきたティアナとカロルを合わせて四人。

丸一日掛けて彼らは城の中を掃除したのだった。

そんな働きを認めてなのか、ヴァレッドは渋々、ローゼが結婚式まで滞在することを許したのである。

そして、今日はその結婚式当日だ。

城に併設されている教会の控え室でヴァレッドは自分の髪の毛を簡単に整えながら、後ろに控えるレオポールを鏡越しに睨みつけた。

「別に甘くしたわけじゃない。滞在を許したのも結婚式までだ。明日には帰ってもらう」

「でも、参列者がだれも居ないなんてティアナ様がお可哀想だから残らせたのでしょう?」

「まぁ、それは……」

バツが悪そうに目線を逸らせたヴァレッドは儀礼服の左側から流れているマントを鬱陶しげに払った。

黒で統一されているその儀礼服は、どこか軍服のようないでたちだ。右肩からは白い紐と赤い飾り羽がみえる。

「愛ですねぇー」

「愛じゃないっ！」

しみじみと言ったレオポールのその言葉に、ヴァレッドは脊髄反射の速さでそう怒鳴った。その声が届いていたのか、新婦側の扉がそっと開く。

そして、その扉の後ろから少しだけ不機嫌そうなカロルが顔を出した。

「準備が出来ましたので、ヴァレッド様どうぞ」

そのカロルの表情を疑問に思いながらも、ヴァレッドは咳払いを一つしてティアナが待つ控え室に足を踏み入れた。

そして、目の前にいるティアナの姿に思わず息を詰めてしまう。

「ど、どうでしょうか？」

恥ずかしそうに頬を染めながらティアナははにかんだ。

短くなってしまった木蘭色の髪は丁寧に編み込まれているし、化粧も薄化粧ながら上品な仕上がりだ。白いドレスからのぞく細い肩と腕は、ドレスに負けないほどに白く、まるで絹のようだった。

ヴァレッドはティアナのその姿をじっと見つめた後、俯いて視線を泳がせた。

頬がじんわりと赤くなるのを自覚しながら、眉間に皺を寄せたまま黙ってしまう。

そんなヴァレッドを不審に思ったのか、ティアナは首を傾げた。

「ヴァレッド様？」

「……いや、まぁ、その……」

のどの奥に何かが引っかかったように言葉が出てこない。

ティアナの方を見ようにも、心臓が苦しくなって、身体が言うことを聞かない。

そんな時、非難するような甲高い声が場の雰囲気を突き破った。

「私が仕上げたんだから可愛いに決まってるじゃない！　こんな時に褒め言葉も出てこないって男としてどうかと思うんだけど。いいの？　おねぇちゃん、こんな人と結婚してー」

「ローゼ様！」

ティアナの後ろから出てきたローゼの言いように、カロルは思わず止めに入った。

カロルが不機嫌そうな顔をしていたのは、ティアナの婚礼支度をローゼに取られたからだろう。

そんな光景を見ながらヴァレッドは小さく頷いた。

そして、決意を込めた目でティアナを見つめる。

ティアナもそんなヴァレッドを見つめ返す。

「ティアナ」

「はい、ヴァレッド様」

「うまく化けたな！」

「嬉しいっ！　ありがとうございます！」

ティアナは本当に嬉しそうにそう言うが、その後ろでカロルとローゼはどん引きである。

レオポールは青い顔で二人に頭を下げていた。

そうこうしているうちに結婚式を行う時刻になった。

カロルもローゼもレオポールも教会の中で二人を待っているはずだ。

教会の大きな扉の前でヴァレッドと二人っきりになったティアナは一枚のハンカチを彼に差し出した。

「ヴァレッド様、これを……」

四つに折り畳まれたそのハンカチにはヴァレッドの名と薔薇の花が刺繍されている。

ヴァレッドは驚いた顔でそれを手に取った。

「これは？」

「今までたくさんお世話になりましたのでそのお礼と、これからもよろしくお願いします、という私の気持ちです」

薔薇園で涙ながらに刺したことを思い出しながらティアナは頰を染めた。

あの時はもうこの城を出ていくものだとばかり思っていて、こんなに幸せな日を迎えられるとは露ほどにも思っていなかった。

「ありがとう」

嬉しそうに微笑みながら、ヴァレッドはティアナから受け取ったハンカチを懐にしまい込んだ。そして、ティアナの左手を取る。

「ヴァレッド様？」

「王都を訪れた時になじみの宝石商がいてな。これは礼だ」

すっと薬指に差し込まれた指輪にティアナは息を止めた。

シンプルな意匠の台座にヴァレッドの瞳と同じ色の石が埋め込まれている。

その石はまるで中に金でも入っているかのように、光が入る角度によって輝きを変える。

ティアナが自分の左手を見ながら固まっていると、ヴァレッドが片眉を上げた。

「結婚指輪の代わりみたいなものだ。気に入らなかったか？」

「いいえっ！　気に入らないだなんて、そんなことっ！　ヴァレッド様、ありがとうございますっ！」

左手を胸に抱きながらティアナが顔をこれでもかと綻ばせた。

そして、視線を指輪に移すと、目尻を赤く染め上げた。

「私、こんなに素敵なプレゼントを貰ったのは初めてですわ！」

「……そうか」

「ヴァレッド様の瞳の色みたいで本当に素敵な色ですね。これを付けている間はヴァレッド様のことをいつでも思い出せますね！」

「うっ……」

ヴァレッドはティアナの満面の笑みに頬を染めて、胸元を押さえた。

そして、苦し気に小さく呻く。

「ずっと、ずっと、大切にします！」

瞳を涙の膜で覆いながら、ティアナは上目遣いでヴァレッドにそう礼を述べた。

その瞬間、ヴァレッドの頭が、ごん、と壁にぶつかる。

「ヴァレッド様!?　どうかなさいましたか!?」

いきなり挙動不審になったヴァレッドをティアナは心配そうに見上げる。そんな彼女にヴァレッドは一つ咳払いをした。

「いや、気にするな。何もない」

「でも……」

「平気だ」

いつも通りにそう言えば、ティアナも安心したかのように息を吐いた。

ヴァレッドは彼女の隣で先ほどまで心臓を掴んでいた手を静かに見下ろした。

「最近、わけもなく胸が痛むな。……病気か？」

「ヴァレッド様？」

つぶやきが聞こえていたのか、ティアナがまたも心配そうにヴァレッドを見上げる。

彼は安心させるために一つ頷くと、自分の腕を彼女に差し出した。

「ほら、そろそろ行くぞ」

「はい」

ヴァレッドの差し出してきた腕に自分の腕を絡ませながら、ティアナは元気に返事をする。

その瞬間、厳かなパイプオルガンの音が扉の奥から聞こえてきた。

一呼吸おいて扉が開かれる。

ヴァレッドとティアナが教会に足を踏み入れると、上がるはずもない拍手が舞い上がった。二人はその音にびっくりして足を止める。

そして目に入った光景に、ティアナは胸がいっぱいになった。

「お父様、お母様っ！　それに、みんなもっ！」

そこにいたのはティアナの両親と孤児院の子供たちだった。

奥には城で働いている使用人や兵士の姿も見える。

彼らは皆一様に頬を上気させ、嬉しそうに拍手をしていた。

ザールも口をへの字に曲げながら、それでも手は叩いてくれている。

両親の後ろでローゼだけは目に涙をたたえたましゃくりあげていた。

どうやら、ヴァレッドの城に単身で突撃したことや、家を出て遊びまわっていたことについて、こっぴどく怒られたようである。

たくさんの人で埋まった教会に面食らいながら、ヴァレッドは彼らの後ろにいるレオポールとカロルの方を見る。

二人はにっこりと微笑んだ後、同時に会釈をした。

ずいぶんと仲良くなった様子の二人に思わぬサプライズをされて、ヴァレッドは困ったように笑う。そして割れんばかりの拍手の中、ティアナの腕を引いた。

「ヴァレッド様、ありがとうございます！　今日が今までの人生で最高の日になりましたわっ！」

頬を上気させながらティアナは小声で、しかしそれでも興奮したようにそう言った。

今にも飛び跳ねんばかりの彼女の様子にヴァレッドも目尻を下げる。

「礼ならレオとカロルに言え。俺は何もしていない」

「いいえ。ヴァレッド様はわたくしと結婚してくださいましたわ！」

「……それを言うならお互い様だろう?」

ヴァレッドのその言葉にティアナは満面の笑みを浮かべた。

最初、ティアナがここに来たばかりのころ。〝訳アリ〟でももらってくれるといったドミニエル公爵のいい妻になりたいと思った。

けれど今は、他の誰でもなく、隣にいるヴァレッドといい夫婦になりたいと思う。

優しくて、気遣いが出来て、時々照れ屋な彼の隣にいたいと思うのだ。彼とならば、『互いが互いを尊重できるような温かい家庭』がきっと築けるような気がする。

隣にいるヴァレッドを見上げれば、彼も目を細めながらティアナを見下ろしてくれる。

視線が絡めば頬が熱くなり、心臓が高鳴った。

そうして、神父の前に二人立ち並ぶ。

神父は二人を交互に見た後、聖書の朗読を始める。

伸びのある神父の声が、教会の隅々まで響き渡る。それはどこか神聖さを秘めているようだった。

そして、彼は主祭壇の向こうから、神妙な面持ちのヴァレッドを見下ろした。

「新郎、ヴァレッド・ドミニエル。貴方は健やかなる時も、病める時も、喜びの時も、悲しみの時も、富める時も、貧しい時も、これを愛し、これを敬い、これを慰め、これを助け、その命ある限り、真心を尽くすことを誓いますか?」

「誓います」

決まり文句だとわかっているのに、ティアナはヴァレッドのその言葉に胸が熱くなった。

神父も満足げに頷いて、今度は視線をティアナに移す。

「新婦、ティアナ・カーン・メレディス。貴女は？」

「もちろん誓いますわ」

「それでは、誓いのキスを……」

「はぁ!?」

厳かな式に似合わぬ素っ頓狂な声を上げたのはヴァレッドだった。

わなわなと身体を震わせながら振り返り、元凶であろう家令を睨みつけると、レオポールは必死に笑いをこらえていた。

その隣でカロルは半眼である。

「神父、悪いがそれは……」

「キス、ですか？」

ヴァレッドが断ろうと声を掛けたところで、ティアナが小首を傾げながらそう言った。

そして、ヴァレッドの肩を持ち、踵を上げる。

ちゅっ、とリップ音を響かせながら離れていく唇に、ヴァレッドは自分の頬に手を当てたまま、しばし固まった。

「これでいいですか？」

「頬ですか？　まぁ、良いとしましょう」

神父とティアナがなにやら楽しそうに言葉を交わすのをヴァレッドは呆然と見つめる。

一拍置いてヴァレッドは急にティアナを抱き上げた。

そして、そのまま大股で教会を後にする。

それに焦ったのはレオポールとカロルだった。

二人は大慌てで新米夫婦を追いかける。

結婚を祝いに来た参列者はもちろん置いてけぼりである。

やっとのことで追いついた先は城中の廊下だった。その先にはティアナの部屋がある。

レオポールとカロルがあわてて駆け寄ると、待っていたとばかりにヴァレッドが振り返った。

「ヴァレッド様っ！　どうしてっ！」

「レオ、今すぐ医者を呼べ！　頬にキスをされてから体も熱いし、動悸がする！　最近、胸も痛むし、どこかおかしいとは思っていたんだが、これは何かの病気に違いないっ！　一応、ティアナも診せてやってくれ！」

そう言われて、レオポールは固まった。

そして、隣にいるカロルを見る。カロルは無言で肩をすくめていた。

「ヴァレッド様、それは……あの……」

「早くしろ。何かあってからでは遅い！　俺はティアナを部屋に運んでから自室に戻る！　……ティアナ大丈夫か？　動悸や発熱などは感じないか？」

そう言われて、ヴァレッドの腕の中にいるティアナは頬に手を当てた。

「そう言われれば先ほどから体が熱いような気がします！　胸もどきどきと……」

「まさか流行病か？　レオ、医者を！」

「いや、まぁ、そこまで仰られるなら一応呼びますが、必要ないですよ？　たぶん……」

本気でティアナを心配するヴァレッドに気圧されてレオポールがそう口にする。

そんな中、カロルは呆れたような声を出した。

「病は病でも、それは恋の病ってやつですよ、ヴァレッド様、ティアナ様。というか、お二人とも両想いになられたのですから、そのくらいのことでお医者様を呼ばないでください。そんなことで毎回呼んでいたら、これからお医者様はこの城に常駐しないといけなくなりますよ」

そう言われて、ティアナとヴァレッドの二人は同時に目を瞬かせた。そして信じられない言葉を放つ。

「両想い？　誰と誰がだ？　まさか、俺とティアナがか？」

「そんなっ！　カロル、勘違いですわ！　ヴァレッド様にはレオポール様という素敵な恋人がっ！」

「いや、レオは別に恋人ではないんだが……」

「隠さなくても大丈夫ですわ。ヴァレッド様！　今ここには事情を知っている者しかおりませんものっ！」

握り拳を作ってそう言うティアナの様子にレオポールは青い顔になった。

そんなレオポールの体調を悪化させるように、ティアナは懐からハンカチを取り出してレオポールに差し出した。そのハンカチは先ほどヴァレッドに渡したものと同じ薔薇が刺繍されている。

そして、その下にはやはりヴァレッドの名。

「これは？」

四つ折りに畳まれたそのハンカチを受け取り、レオポールは広げた。すると、ヴァレッドの名の前にレオポールの名がひらりと飛び出てくる。四つ折りにしていたらわからないが、広げてみると二人の名が薔薇を中心に寄り添っているようなデザインになっていた。

「ヴァレッド様とお揃いですわ。私からのささやかなお礼です」

そのハンカチを見た瞬間、レオポールの顔色はこれでもかと悪くなる。

胃を押さえて蹲ると、ティアナの可愛らしい声がレオポールにトドメを刺した。

「私妻として、ヴァレッド様とレオポール様の恋を全力で応援しますわ！」

エピローグ

その日の夜は参列者や城の者も交えて盛大な夜会が行われることになった。

孤児院の子供たちも比較的大きな子は参加している。

段取りはすべてレオポールとカロルが前もって計画していたようで、ヴァレッドとティアナは装いを新たにした後、会場である宴会場へと足を踏み入れた。

ティアナは白いウエディングドレスから彼女らしさが映える暖かいサーモンピンクのドレスへ、ヴァレッドは肩から掛けるマントを、腕を覆うほどの長いものに替えての参列だった。

ティアナの支度は、カロルが行い、結婚式と遜色ない華やかさを彼女は纏っていた。

結婚式の支度を取られたカロルもそのティアナの姿に満足そうだった。

夜会は立食式で全体的に堅苦しい印象はなく、みな思い思いの場所で食事をしたり談笑をしたりしている。

それでもさすがにティアナとヴァレッドが遅れてやってくると、全員がそこに注視し、割れんばかりの拍手が舞い上がった。

「なんだか、恥ずかしいですわ」

「……だれがこんな盛大な結婚式にしろと……」

頬を染めるティアナに呆れ顔のヴァレッドである。

レオポールはそんな情緒もへったくれもない主人に盛大な溜息を吐いた。

「貴方、自分が公爵だって忘れていますよね？　公爵っていったら、貴族の中では最高位ですよ!?　しかも、かつては宰相や王妃を輩出した名門のドミニエル家です！　普通、貴方ぐらいの貴族の結婚式はこんなもんじゃないんですよ。こんな城の中だけで終わらせる結婚式などではなく、自身の領地を巻きこんだ大きな催し物になるのが普通ですっ！　パレードもない！　領民にお披露目もない！　こんな結婚式のどこが盛大ですか!?」

「お披露目というか、報告はする。一応……」

「書面でしょう!?　書面にして配るだけでしょう!?　まったくあなたは!!」

まだ文句を言い足りないというような雰囲気でレオポールは頭をかいた。

その隣でヴァレッドは嫌そうに片耳を押さえている。

そんなやり取りをしていると、レオポールの後ろの方から侍従数人が頬赤く染めて「ヴァレッド様、ティアナ様、おめでとうございまーす！」と陽気な声を響かせた。

手に持っているのは酒が入ったグラスだろう。

その横では非番の兵士数人が「本当に良かった」「もう絶対に結婚しないものだと思っていたっ！」と目に涙を浮かべながら男泣きをしていた。

態度は違うが、皆一様にヴァレッドとティアナのことを祝福しているようだった。

ヴァレッドはそんな彼らを半眼で眺めた後、自分の隣に目を滑らせる。

そして、あっと声を上げた。

「ティアナはどこに行った？」

「あら？　いつの間に……と、あそこにおられますよ？」

ティアナはヴァレッドたちの数メートル先にいた。

彼女はカロルとともに自身の両親と和気藹々と話している。

彼女の父親は鼻の頭を真っ赤に染め、ハンカチで目元を拭いていた。

母親はティアナに似たおっとりとした笑みを浮かべている。

両親の後ろではふてくされたようなローゼがグラスを傾けていた。

「ティアナ」

ヴァレッドが彼女の名を呼びながら近づけば、彼女と同じ赤茶色の瞳をしたメレディス伯爵が目を細めながら頭を下げた。

その下げられた頭は年相応にくすんではいるが、ローゼと同じハニーブロンドだ。

後ろで同じように頭を下げるティアナの母親は木蘭色の髪の毛にサファイヤのような青い瞳をしている。

「この度はご結婚おめでとうございます。少し能天気なところのある娘ですが、どうぞ末永くよろしくお願いします」

「メレディス伯、シュルドーまでようこそおいでくださいました。こちらこそ、大事なご息女をお預けいただいて、ありがたく思います」

いつものような仏頂面ではなく、口元に笑みをたたえてヴァレッドはそう言った。

完全に余所行きの表情である。

彼女の父親はそんなヴァレッドの態度に少し目を瞠って、そして安心したように顔をくしゃりとつぶした。

「いろいろとお噂のある方だと思っていましたが、誠実そうな方でよかった。もちろん、噂を鵜呑みにしていたわけではありませんし、貴方の仕事に対するお噂はそれ以上のものがあったので心配はしていませんでしたが……」

「どうにも憎まれる立場で、困ったものです」

『男色』や『女嫌い』は噂だけなのだと言外に言って、ヴァレッドはメレディス伯と握手を交わす。

「ヴァレッド様、お父様の前だからって猫かぶってるー」

割って入るようにそう言ったのは、母親の陰に隠れるローゼだった。

彼女は口を尖らせながらも、母親を盾にしてヴァレッドから距離を取っている。

そんなローゼの言葉に彼女の両親は顔を青くさせた。

「ローゼ!!」

鋭い叱責の後、メレディス伯は深々と頭を下げた。

「失礼なことをっ！　申し訳ありません!!　それに、滞在中にもご迷惑をかけてしまったようで……」

「だって本当のことじゃないー！　怒られた時、悪魔か鬼みたいだったしー」

「――っ、ローゼ‼　本当にお前はっ‼」

目を怒らせて怒鳴るメレディス伯をレオポールがまぁまぁとなだめ、ヴァレッドはそんなやり取りを見ながら溜息を押し殺していた。

「私は悪くないもーん！　ヴァレッド様なんかに嫁いでも絶対に幸せになりそうもないもの！」

「ローゼっ！」

「そうだな。俺も君が嫁いで来なくてよかったと思う。早々に追い返していただろうからな」

「ヴァレッド様！」

ヴァレッドが我慢できずに言葉を返せば、すかさずレオポールが止めに入る。

しかし、戦いのゴングはもうすでに鳴り響いた後だった。

「ひっどーい‼　男の家に行って追い返されたことなんて今まで一度もないんだけど⁉　こんな人とおねぇちゃんが結婚するなんてイヤー‼　絶対にイヤだ‼」

「すみません。ローゼはすごいおねぇちゃん子なもので……」

「普通のおねぇちゃん子は姉の夫を寝取ったりいたしませんわよ」

頭を抱えたメレディス伯の言葉にカロルがぼそりとつぶやいた。

その言葉が唯一聞こえただろうレオポールは苦笑いを浮かべたまま、冷や汗を流す。

ティアナと母親はおっとりと「ローゼとヴァレッド様は仲がいいのねぇ」「そうなんです」などとのんきに話していた。

「こーなったら、おねーちゃんを返してもらうんだから！　勝負よ‼」

「何故君と俺が勝負なんてものをしなくてはいけないんだ」

「なによ。逃げる気？」

そのわかりやすい挑発にヴァレッドのこめかみがピクリと反応する。

レオポールはヴァレッドのわずかな表情の変化に、肩を落としながら首を振った。

「逃げる？　そんなわけないだろう。しかし勝負とは、君が俺に勝てるようなものがあるとは思えないが？」

指された指を払いのけながらヴァレッドは心底嫌そうにローゼを見下ろした。

ローゼも精いっぱい彼を睨みつけている。

しかし、その睨みつける視線に迫力がないのは、彼女の容姿たるゆえんか。

彼女は社交界の薔薇と言われるほどの美貌の持ち主だが、どちらかと言えば美しいというよりは可愛い小悪魔的な顔立ちだ。

「それなら、これで勝負しましょう！」

そういってローゼが出してきたのはワインのボトルだった。

しかもそれは赤ワインの酒精をさらに高めたものだった。

度数で言うなら二十度を超える。

ヴァレッドはそのワインボトルを見下ろしながら眉をひそめた。

「飲み比べか？」

「そう！　どれだけたくさん飲めるか勝負しましょう！　それで負けた方がおねぇちゃんをあきらめるの！」

このジスラール王国では女性も男性も十六歳で飲酒が解禁となる。

ローゼはティアナの一つ下の十七歳だ。

年齢的に何も問題はない上に、社交場に通うことが多い彼女は相当に酒慣れをしているようだった。

「ヴァレッド様、ローゼの言うことなど真に受けないでくださ……」

「わかった」

伯爵が止めるのも聞かないまま、ヴァレッドは了承する。

その答えにレオポールは天を仰ぎ、メレディス伯は深くうなだれた。


そうして、催し物という体で二人の飲み比べは始まった。

並んだ丸机では二人がそれぞれに酒をあおっている。

一応ハンディキャップとして、ヴァレッドが二十度以上もある酒精を強めたワイン、ローゼは普通のワインで勝負ということになった。

そして二人の机の周りには人だかりができていた。

「ローゼちゃん！　頑張ってー！」

「呑んでいる姿もかわいいよー！」

「ヴァレッド様!!　負けないでくださいよ!!」

「奥様にいいところ見せるんでしょう？」

二人の賭けごとを知らない周りは口々にそんな応援を飛ばす。

そんな中、ヴァレッドとローゼは我先にとグラスを煽っていた。

もうすでに飲み比べが始まってから結構な時間がたっており、二人の顔は真っ赤に染まりきっている。

「ヴァレッドさまー！　もうかおがまっかですわよ！」

「君こそ、だんだん呂律が回らなくなっているみたいだが、無理をしているんじゃないのか？」

二人は横目で睨み合う。

そんな二人の真ん中でティアナは楽しそうにニコニコと微笑んでいた。

「二人が仲良くなったみたいで、私とても嬉しいですわ！」

「どうやったらそんな風に見えるんですか……？」

カロルはティアナの後ろで嫌そうな顔を隠しもせずそう漏らした。

ティアナは上機嫌のまま二人を交互に見ながら応援をする。

「二人とも頑張ってください！　ローゼ、ヴァレッド様に二杯ほど負けているわよ！　頑張って！

ヴァレッド様もその勢いですわ！」

そんな彼女にヴァレッドは怪訝な顔で振り返る。

「……ティアナ、君は一体どっちの味方なんだ？」

「え？」

「私に決まっているじゃない！　なに当たり前のこと聞いているのよ！」

「え？」

ティアナがきょろきょろと二人の間で視線をさまよわせていると、突如ヴァレッドがグラスを持ったまま立ち上がった。

「当たり前だと誰が決めたんだ！　ティアナ！　君はこの結婚が破棄になってもいいのか？」

「それは嫌ですわ！」

「おねぇちゃん！　幸せな結婚したいでしょ？」

「それはもちろん！」

同じように立ち上がったローゼはグラスを机にたたきつけながらヴァレッドを睨みつけた。

「なによ。一か月前に知り合ったばかりなのにもう夫面？」

「夫だからな！　大体、君は俺の何が気に入らないんだ？　いかにも女性といった感じの君とは違って、俺の欠点は目をつむれるものばかりだと思うが？」

主人のそんな言葉にレオポールは「自覚がないようですね。後で説教コースです」とにこりと笑う。

酒の力も借りてか、ローゼの勢いはどんどん上がっていく。

「そんなの全部よ！　私を怒ったことも気に入らないし！　思い通りに動かないところも気に入らない！　少しも靡かないなんて論外っ！」

「君はとんだ我儘娘だな……」

その我儘度合いをティアナにも少し分けてやればいいのにと思いながら、ヴァレッドはそう口にする。

結局のところ、この姉妹はこの姉妹でバランスが取れているのだろう。

「一番は、結婚式でおねぇちゃんにキスしなかったこと！　さらに言うなら、女性からさせるなんてサイテー！　キスぐらいいちゃんとしなさいよ！　そういう男と一緒になってもおねぇちゃんは幸せにならないっ！」

「なっ！　キスの一つや二つで何が変わるというんだ⁉　俺はティアナを幸せにするつもりでいるぞ！」

売り言葉に買い言葉。

いつものヴァレッドからは到底飛び出してこないだろうセリフに、周りがどよっと色めき立つ。

ティアナも嬉しそうに「まぁ！」と声を上げていた。

冷やかすような指笛もそこかしこから聞こえてくる。

しかし、当の本人たちは気づかぬまま、酒におぼれたままの思考で舌戦を繰り広げる。

グラスはもうどちらも傾けてはいない。

「キスどうこうもあるけど、ああいう時女性にリードさせるのがいけないって言っているの！　そもそもキスの仕方知らないいんじゃないの？　それとも恥ずかしいとか？」

「そんなわけないだろう！　口の粘膜を合わせるだけの行為が恥ずかしいわけがない！」

「粘膜って……」

「ずいぶんと色気のない言い方をしますわね……」

そのキスの表現に、カロルとレオポールが引きつった笑みを浮かべる。

ローゼの攻撃はなおも緩まない。

「それに、結婚式であんな調子じゃ、結婚生活は枯れてくばっかりよ！　そんな相手にやっぱりおねぇちゃんは任せられないっ！」

「――っ！　キスをすればいいのか!?　いいんだなっ！　――ティアナ！」

「はい？　ひゃっ！」

ヴァレッドはティアナの腕を引き自分の方へ手繰り寄せた。

そして、腰を引き寄せる。

眼前に迫ったティアナの顔に、ヴァレッドはぐっと押し黙った。

「ヴァレッド様？」

きょとんと首をかしげる可愛らしい新妻の顔と、腕を組んで仁王立ちになっている彼女の妹を、ヴァレッドは何度か見比べる。

そして、彼はティアナの耳元に唇を寄せた。

「悪い。許せ」

そう囁いて、ヴァレッドはキスをした。

――ティアナの唇の端に……

周りから見ていたら、それは本当にキスしているような角度で、その行為に周りは一瞬静まりかえる。

そして、まるで爆発するように歓声が上がった。

ヴァレッドは赤くなったティアナの腰を抱いたままローゼの鼻先に指を突き出した。

「したぞ！　こんなもの恥ずかしくもなんとも……」

その言葉を言い切る前に、ヴァレッドの頬は最高潮に赤く染まり、そのまま後ろに力なく倒れてしまった。

◆◇◆

ヴァレッドが目覚めたのはその日の深夜だった。痛む頭を押さえながら起き上がれば、そこは自室だった。

着ている服は夜会の時のままで、ところどころに皺が寄ってしまっている。

暗い室内にはテーブルランプの明かりだけ。

オレンジ色の光に目を滑らせれば、そこに見知った人物を見つけた。ティアナだ。

彼女はヴァレッドが寝ているベッドの隣に椅子を持ってきて、そこで眠りについていた。

ヴァレッドが倒れた後からずっと付き添っていてくれていたらしい。

投げ出された上半身はベッドの上で安らかな寝息を立てている。

彼女の右手とヴァレッドの左手はしっかりと繋がれていた。

ヴァレッドはその左手をまじまじと見つめながらふっと困ったように笑った。

「なんで君の手は気持ち悪くないんだろうな」

思わずティアナの手を握り返すと、その動きに反応したのか、ティアナの閉じられた瞼がゆっくりと開いた。

そして、ヴァレッドと目が合った瞬間慌てて起き上がる。

「あぁっ！　すみません、寝てしまいました！　ヴァレッド様、おはようございます！　あら、でも、『こんばんは』でしょうか？」

「どっちでもいいんじゃないのか？」

「でしたら、『こんばんは』にしますわ！　ヴァレッド様、こんばんはです」

寝てしまったのが恥ずかしかったのか、ティアナは照れたように頬を染めながらもそう笑う。

ヴァレッドはそんな彼女に「あぁ」とだけ返した。

「お医者様のお話だと単なる飲みすぎだったらしいですわ。ローゼもあの後気持ちが悪くなったみたいで……」

「そうか。すまない、迷惑をかけたな」

「迷惑だなんて！　ヴァレッド様がお眠りになっているの、なんだかとっても新鮮でしたわ。あ、そうです！　お水、飲まれますか？　用意してあるんです」

「あぁ」

ティアナからグラスを受け取ってヴァレッドはのどを潤した。

その間も彼女は微笑んだままヴァレッドを見つめている。彼はその視線に片眉を上げた。

「どうかしたか？」

「いいえ。ただ少し、私は幸せだなぁと思いまして……」

オウムのようにヴァレッドが「幸せ？」と返すと、ティアナは胸に手を置いたまま瞳を閉じ、大きく頷いた。

「優しい両親に、かわいい妹、お姉様のようなカロルの存在に、頼りになるレオポール様。そして、素敵な旦那様。私は本当にいろいろなものに恵まれていますわ！　夜会での『幸せにするつもりでいる』という言葉、嘘でもとても嬉しかったです！」

その言葉にヴァレッドの頬はじんわりと染まった。

そして、気まずそうにティアナから視線を逸らす。

「別に嘘を言ったつもりはない。女にしとくのは惜しいと思うぐらい君のことは、……その、気に入っているし。結婚に協力してもらったのだから、そのぐらいは当然だと思っている。まぁ、不慣れな点は多いと思うが、そのあたりは目を瞑ってくれ。……あと、時期が来たら一緒に旅行にでも行こう。そろそろ視察をしなくてはいけない時期なんだ」

「まぁ！　旅行ですか？」

「……まだ少し先の話だがな」

「嬉しい！　ヴァレッド様、ありがとうございます‼」

ヴァレッドの言葉にティアナは花が咲くように笑った。

そして、自分の両頬に手を当てながら目をきらきらと輝かせる。

ヴァレッドはそんな彼女の顔をちらりと見た後、なにか思い出したかのように「……そういえば」と言った。

「今日は、その、悪かった。君の妹に煽られている自覚はあったんだが、ここで何もしないとまた邪魔に入られると思ってな……」

「何の話ですか？」

きょとんと首をかしげるティアナをヴァレッドは半眼で見つめて、大きく溜息を吐いた。そして手を伸ばし、少しかさついた親指で彼女の唇の端をなでる。

「あっ」

「……」

まるで「わかったか？」というような視線を受けて、ティアナの頬はほんのりピンク色に色づいた。

「了承もなくするつもりはなかったんだが……、悪かった」

「いいえ！　謝らないでくださいませ！　むしろ、少し嬉しかったというか。ヴァレッド様が素敵だったので、まるで物語のヒロインになれたようで感激したといいますか……」

照れながらティアナはそう言った。その顔は本当に満更でもなさそうである。

「それに、とっても幸せな気持ちになりましたわ！」

その言葉にヴァレッドの体は勝手に動いた。

彼は両手でティアナの頬を掴むと自分の方へ引き寄せる。

そして、彼女の額にヴァレッドはそっと唇を押し当てた。

柔らかい唇が優しく触れてくる。頬を掴むヴァレッドの指先がティアナの耳を撫でた。

「――っ！」

耳を撫でる刺激にティアナの身体がびくついた。

そして、ヴァレッドの唇はゆっくり離れていく。

静かな室内に唇が離れる音が響いた。

その音が耳から脳を侵すようで、二人は唇が離れた瞬間、まるで爆発するかのように赤くなった。

「……まだ、酒が残っているようだ。俺は寝る。一人で部屋まで帰れるか？」

「あ、……はい」

ティアナが一つ頷くと、ヴァレッドはそのまま背を向けて布団に入ってしまう。

「先ほどのは、気の迷いだ。犬に噛まれたぐらいのものだと思ってくれると助かる」

ヴァレッドが背中を向けたままそう言い、ティアナはそれに頷いた。

そうして、部屋を出ていこうとする矢先、ヴァレッドがベッドから体を起こした。

「今日はありがとう。それと、……これからよろしく頼む」

「はい！　こちらこそ、末永くよろしくお願い致しますわ！」

いつもより頬を桃色に染めて、ティアナが元気にそう答えた。

あとがき

はじめましての方も、そうでない方も。

こんにちは、秋桜ヒロロです。

今回は『公爵さまは女がお嫌い！』を読んでくださり、本当にありがとうございます。

女嫌い公爵と楽天家伯爵令嬢のラブコメディはどうだったでしょうか？

楽しんでいただけましたでしょうか？

笑っていただけましたでしょうか？

少しでも心が躍るような時間を過ごせたのなら、これ以上の幸せはありません。


私が書く小説の中で【キングオブかっこよくない】キャラクターがヴァレッド様です。

かっこよくない、むしろかっこ悪いヒーローですよね。彼は。

私の中でこの小説のヒロインは彼ですからね。

新妻（未満）に振り回されるヴァレッド様は書いていて最高に楽しかったです。

ティアナの勘違いっぷりも、レオポールもカロルのドタバタも、ローゼの天真爛漫な感じも、本当に書くのが楽しかったし、毎回どう書こうかわくわくしていました。

このお話は本当に好きなキャラクターばかりですね。


これを書いているのは三月のはじめなのですが、皆さん体調は大丈夫でしょうか？

発売される四月ごろとなれば、インフルエンザもあまり見かけなくなるころだとは思います。それでもご無理をなさらぬよう、健康第一に日々努めてくださいませ。

健康は本当に大切ですからね！

うちの三歳の娘は絶賛お熱真っ最中です。（早く治ってくれぇ……）


はい。楽しい（？）あとがきの時間もそろそろ終わりですね。

小説以外の文章を書くのが不得手な私としましては、ちょっとほっとしております。

それでは、またどこかでお会いする時まで……。

秋桜ヒロロ

公爵さまは女がお嫌い！

著者　秋桜ヒロロ

2018年5月5日　初版発行

発行人　神永泰宏

発行所　株式会社Ｊパブリッシング
〒102-0073　東京都千代田区九段北1-5-9 3F
TEL 03-4332-5141　FAX03-4332-5318

製版　サンシン企画

印刷所　中央精版印刷株式会社

定価はカバーに表示してあります。
万一、乱丁・落丁本がございましたら小社までお送り下さい。

ISBN：978-4-86669-100-8
Printed in JAPAN